LA GUERRE

CHEZ

LES OMNIGOS

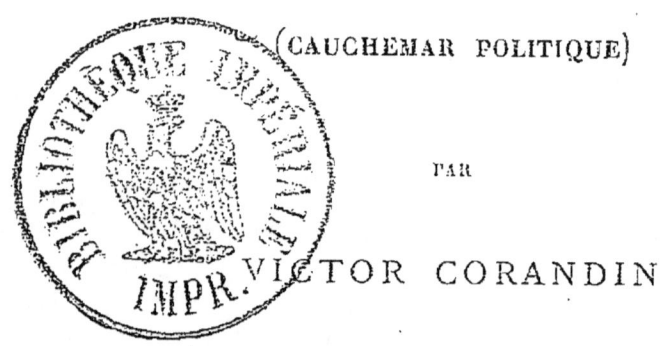

(CAUCHEMAR POLITIQUE)

PAR

VICTOR CORANDIN

LYON
IMPRIMERIE D'AIMÉ VINGTRINIER
Rue de la Belle-Cordière, 14.

1867

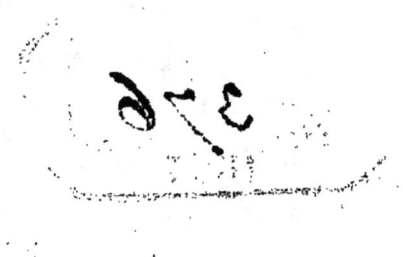

LA GUERRE

CHEZ

LES OMNIGOS

..... Et... dans quel monde trouve-t-on ces gens-là ?

— Ce n'est pas dans la lune, comme on le pourrait croire : ils sont plutôt enfants de *Mars*, autre planète non moins habitée...

Mais, pardon, ceci est très-sérieux : écoutez-moi d'abord, et puis... qu'ils soient de la lune ou d'ailleurs, vous ne douterez plus de l'existence des Omnigos.

Je veux vous associer à la bonne fortune qui m'est échue dernièrement, de recevoir chez moi et de pouvoir étudier à l'aise un échantillon authentique de cette race intéressante.

Cet Omnigo qui, du reste, ne différait pas trop d'un Français ordinaire, m'a vivement captivé par une foule de détails sur la constitution physique et sociale du monde qu'il habite.

Je ne vous parle pas du moyen qu'emploient les Omnigos pour arriver ici. Ils ont tout simplement résolu avant nous le problème de l'aérostation. Par malheur, n'ayant rien compris, sur ce point, aux explications de mon hôte, je ne saurais rien dire de cette belle découverte, qui va rester encore, grâce à mon peu d'intelligence, le secret des Omnigos.

Je ne sais si celui-ci était plus habile que moi à comprendre les choses, mais son ardeur à s'enquérir de nous et de nos mœurs terrestres n'était pas moindre que la mienne à m'informer de leurs affaires ; aussi ne vais-je point vous rapporter l'interminable échange de nos confidences. Je me bornerai à reproduire notre dernier entretien qui, dans l'état présent de notre monde, ne manque pas d'un certain intérêt.

*
* *

— Quel âge pouvez-vous bien avoir? me dit-il. Manière d'entrer en conversation assez familière aux Omnigos, mais qui peut mener loin, ainsi qu'on le verra.

— Quarante ans! vienne la saint Nicolas, fis-je avec un soupir assez gros.

— Vous êtes jeune encore...

— Je ne trouve pas, moi...

— Pourquoi donc!... vous n'avez pas encore atteint la moyenne de la vie humaine, je pense ?

— Pardon, je crois l'avoir un peu dépassée...

— En vérité?... Je ne la croyais pas si faible... la nôtre est au moins de quarante-sept ans...

— Diable! sept ou huit ans de plus... Je vous en fais mon compliment. Quel est donc alors votre maximum?

— Le vôtre, à peu près : nous avons peu de centenaires.

— Alors, comment votre moyenne peut-elle être aussi forte ? Vous êtes donc exempts de tous les maux qui nous affligent, ou bien vous avez donc poussé fort loin l'art de vous conserver?

— Peuh ! l'art de nous conserver, qui serait l'affaire de la médecine, n'a pas grand chose à voir dans la question. Quant aux maux que vous connaissez, et dont nous sommes affranchis, je ne vois que la guerre dont l'absence, depuis deux siècles, ait pu influer sur notre longévité.

— Peste ! Je le crois bien, êtes-vous heureux ! pas de guerre... Vous allez me conter comment a disparu de chez vous cet horrible fléau.

— Volontiers; c'est une étude historique à faire. Mais avant, à propos de longévité moyenne, permettez-moi de vous présenter une distinction.

L'absence de guerres est bien la cause première qui fait monter cette moyenne, pourtant ce n'est pas, à mon sens, la cause immédiate. L'absence de guerre accroît très-vite la population, voilà tout. Mais, en dehors de cette influence et quel que soit d'ailleurs le chiffre de population, c'est de ce chiffre-là que procède absolument celui de la vie moyenne, ceci peut d'abord vous paraître un non-sens...

— En effet, interrompis-je, surpris de ce raisonnement, puisqu'il s'agit d'une moyenne prise, à des époques différentes, sur une même quantité, il me semble que le résultat comparé a une signification absolue, indépendante du chiffre variable des populations.

— Entendons-nous : Dieu me préserve de manquer de respect à l'infaillibilité statistique. Je sais ce que c'est qu'une moyenne et je ne conteste pas la valeur des calculs. Seulement, la confiance mathématique qu'ils vous inspirent vous fait prendre le change sur la cause réelle de cette progression ascendante de la vie moyenne. Cette cause, vous croyez la trouver dans l'amélioration de l'hygiène et des conditions de la vie matérielle : je ne suis pas de cet avis. A bien faire le compte, sur ce point, les pertes et les bénéfices seraient à peu près compensés.

Vous vous étonnez que je fasse dépendre directement la longévité du chiffre de population ; vous ne nierez pas cependant le parallélisme des deux faits, il est constant ; accroissement de population, augmentation de la vie moyenne ; voici déjà qui donne à réfléchir : or, ces deux faits, je les crois solidaires, et voici comment j'explique l'un par l'autre.

La matière, en général, obéit à une loi constante, loi économique et physiologique, difficile peut-être à expliquer d'une manière rationnelle, mais qui s'affirme d'elle-même partout. Cette loi pourrait être ainsi formulée :

— Le déchet de la matière n'augmente pas en proportion de la masse. — Inutile de citer en détail les preuves et les exemples. Interrogez le métallurgiste ou le filateur, interrogez l'industrie entière, ils vous confirmeront ce fait : que dans toute matière mise en œuvre, le déchet moyen diminue à mesure qu'augmente la somme de matière employée.

Or, qu'est-ce qu'une race d'êtres vivants, sinon une matière mise en œuvre par ce travail qui s'appelle la vie, dans cette grande usine qui s'appelle la nature? Matière en voie d'épuration ou de transformation, et subissant comme les autres le frottement, l'usure, enfin toutes les causes de déchet. Que l'agglomération de cette matière vivante s'accroisse, la mortalité ne croissant pas dans la même proportion, il y aura évidemment augmentation de la moyenne de vie. Voilà pourquoi je soutiens que le chiffre de cette moyenne est en raison directe du chiffre de population. — *Quod erat demonstrandum* !

— Saperlotte ! me dis-je, ceci ne paraît pas plus clair que la direction des ballons... Ayons l'air de comprendre, pourtant.

— Après vous avoir démontré la cause immédiate, je reviens, continua-t-il, à l'absence de guerres, cause première, incontestable de notre longévité, par son influence énorme sur la population. Pour s'en rendre compte, il suffit de se reporter au dernier siècle de nos guerres qui moissonna, dans notre seule nation, quatre millions d'individus. Calculez ce que représenterait aujourd'hui, après sept ou huit générations, la postérité étouffée dans son germe de ces quatre millions d'êtres sains et vigoureux, et vous ne serez pas étonné que, dans ce même pays, une paix de deux siècles ait doublé une fois et demie les quarante millions d'Omnigos qui virent la fin de nos guerres.

— Mais vous devez vous manger les uns les autres ? m'écriai-je.

— Pas du tout ; on se mange en petit comité, à l'état sauvage et naissant des peuples ; plus tard, on sait trouver de quoi manger sans recourir à ces ressources. En vérité, votre question me ferait croire que votre planète est encore en enfance. Au fait, voyons, où en êtes-vous au juste de vos guerres ? Mangez-vous toujours les prisonniers ?

— Quelle horreur !... répondis-je indigné, nous prenez-vous pour des sauvages?

— Bon! dit-il, je vois bien à votre émotion que vous n'en êtes plus aux principes...

— Pourtant..., je dois vous avouer qu'on trouverait encore, en bien cherchant, non pas dans notre Europe, grand Dieu! mais dans quelque coin ignoré de notre pauvre terre, quelques traces de cette horrible coutume...

— Allons donc! vous voyez bien... nous avons tous commencé par là. La guerre a commencé par la chasse, c'est évident; et la chasse avait commencé par la faim qui est le commencement de tout, dirais-je, si je ne détestais les jeux de mots. D'après ce que je vois, vous en êtes déjà, entre gens civilisés bien entendu, aux guerres... religieuses, peut-être... heim?

— Oh! mieux que cela, fis-je, en me rengorgeant, celles-ci sont passées; nous en sommes aux guerres... purement politiques...

— C'est bien cela: carnassières, pillardes, religieuses, politiques; c'est la marche ordinaire. Pourtant ne soyez pas trop fiers d'en être à la quatrième période, la plus stupide assurément. Ne prenez pas cela pour un progrès : la première manière, l'époque carnivore, est, selon moi, la seule qui ait sa raison d'être et son excuse dans son utilité pratique. Du moment que la faim n'est plus là pour justifier les moyens... pardon, je veux dire, du moment qu'on ne tue plus pour manger, la guerre, de quelque prestige qu'on veuille l'ennoblir et quelque but qu'elle poursuive, est une gratuite monstruosité, incomprise même des bêtes brutes.

— Vous allez un peu loin... et la gloire? la patrie à défendre? voilà, je pense, d'assez nobles mobiles.

— Moins logiques pour moi, moins légitimes en vérité que le besoin de nourriture. Pour ce qui est de la gloire, voyons, vous avez bien parmi vous quelques hommes sensés; eh! bien, qu'en pensent-ils vos sages de cette gloire-là?

— Je dois l'avouer, ils en font peu de cas: nos philosophes vilipendent la gloire des combats pour nous en dégoûter et ils n'y réussissent guère. Chacun de nous, dans son for intérieur, leur donne bien raison ; mais c'est plus fort que nous, dès que nous sommes ensemble trois ou quatre, voilà que les têtes se montent, il nous faut de la gloire à tout prix, et le gouvernement qui n'en donnerait pas n'aurait pas grande chance de vie.

— Oui, je connais cette maladie : l'histoire des Omnigos témoigne assez que nous en fûmes affectés durant des milliers d'années. Cela vous passera comme à nous, mais il vous faut du temps ; Dieu sait celui que nous y avons mis.

Quant à la défense de la patrie, au besoin soit, c'est fort beau ; mais qui n'est pas attaqué n'a pas à se défendre, et ne pas attaquer la patrie du prochain est un fort bon moyen pour qu'on n'attaque pas la nôtre ; je vous le recommande, c'est par ce moyen-là que nous sommes arrivés.

— Quel immense bienfait pour notre pauvre terre, si, prenant exemple sur vous, nous parvenions à détruire le fléau ; et combien nous aurions gagné à faire votre connaissance ! Aussi, je suis impatient de vous entendre raconter comment s'est accomplie, sur votre globe, cette heureuse réforme.

— Quelques explications préliminaires, d'abord, sur la topographie générale de notre planète : nous passerons ensuite au tableau de nos mœurs politiques et de nos rapports internationaux à l'époque de cette grande transformation.

*
* *

Notre planète se divise en cinq grandes parties.

Des cinq, la moins étendue n'en est pas moins, et de beaucoup, la plus puissante et la plus civilisée.

Elle s'appelle Gogogène, et les peuples qui l'habitent, dits Gogos ou Gogopéens, appartiennent tous à la race blanche, la plus belle et la plus intelligente des Omnigos.

Comme ce sont les peuples gogos qui ont pacifié et organisé tout notre globe, c'est d'eux uniquement que je vais vous entretenir.

La Gogogène se subdivise en plusieurs Etats généralement monarchiques : je ne vous citerai que les principaux.

Au nord :

Les Rustigots, un vaste empire, sous un rude climat.

Au centre :

Les Trafigos, dans une île : puissance maritime et commerciale, jadis fort redoutable.

Les Vertigos, nation brave et spirituelle, que je vanterais davantage si je n'avais l'honneur de lui appartenir ; autrefois ennemis intimes des précédents qui le leur rendaient bien.

Les Meingots, bonnes gens qui vivent à nos côtés en confédération.

Les Berlingots et les Austrogots, deux grandes monarchies ; liés d'intérêts, de mœurs et de langage avec les précédents.

Au sud, dans trois grandes presqu'îles :

Les Hidalgos, un peu en retard.

Les Alpingos, en grand progrès.

La troisième presqu'île était autrefois occupée par les Ottomagots, peuple arriéré et polygame, aujourd'hui disparu.

Tous les peuples gogos, à l'exception des Ottomagots, qui avaient leur prophète particulier, professaient au fond la même religion, dont chacun variait la forme à sa convenance. Ce n'est pas que chez nous aussi, sur ces questions de forme, on ne se soit, dans le temps, rudement égorgé ; mais le souvenir de ces guerres remonte à un passé qui semble fabuleux, et c'est à peine si l'on peut croire aujourd'hui, sur la foi de l'histoire, que tant de sang ait coulé pour une telle cause.

Ainsi, mon cher monsieur, à l'époque dont je vais vous parler, nous pouvions être à peu près au point où vous en êtes, c'est-à-dire aux guerres purement politiques et internationales. Il y a de cela un peu plus de deux siècles : depuis ce temps suppression absolue de la guerre sur notre globe. Voyons comment s'est produite, développée et affermie cette immense conversion pacifique.

*
* *

— C'est en 18660, monsieur.....

— Bigre! vous datez de loin!

— En effet, notre monde n'est pas jeune : je souhaite que le vôtre puisse trouver la paix dans un âge moins avancé. Donc, en 18660, il y a plus de deux cents ans, eut lieu la dernière de nos grandes guerres, ou *carnagos*, comme l'on dit dans notre vieille langue gogue. L'origo....... pardon, l'origine de cette guerre mérite d'être racontée, pour montrer que la justice divine ne manque pas, tôt ou tard, de punir les abus de la force brutale.

Un petit peuple du Nord, honnête, laborieux et paisible, les Myrmigots, vivait en paix avec tout le monde, quand la puissante confédération meingote, sa plus proche voisine, s'avisa de lui chercher une querelle d'Allemand..... Je ne sais si cette expression vous est connue ?

— Parfaitement, continuez.

— L'objet de la querelle fut une petite province, appartenant très-bien aux Myrmigots, mais confinant à la Meingotie et parlant à peu près la douce langue meingote. Une telle province, au dire des Meingots, ne pouvait plus appartenir à d'autres qu'à leur confédération. Sommation fut donc faite au roi des Myrmigots d'avoir à céder ce bout de territoire. Le petit roi, qui n'avait pas du terrain de reste, refusa naturellement.

Alors intervinrent dans le débat les Berlingots et les Austrogots, lesquels, sous le prétexte qu'eux aussi parlaient la langue meingote, appuyèrent les prétentions de leurs confédérés en baragouin.

C'était, tout compte fait, trois grandes puissances réunies contre ces pauvres Myrmigots, dont une seule n'eût fait qu'une bouchée, trois géants contre un nain. Ce brave petit peuple tenant bon, mes trois ogres n'eurent pas honte d'employer la force.

Les Berlingots et les Austrogots, qui avaient une multitude de soldats sans ouvrage, trouvant là l'occasion de les distraire et de faire une galanterie à la confédération, s'offrirent à faire la besogne. Les petits Myrmigots se battirent gentiment et furent écrasés, pas n'est besoin de le dire; puis, les vainqueurs, très-contents d'eux-mêmes, bien qu'il n'y eût pas de quoi, jugèrent à propos, au lieu d'une province, d'en prendre deux pour leur peine. Ainsi fut fait.

Ce qu'il y eut de plus honteux en cette affaire, ce fut l'indigne mollesse des autres peuples gogos, qui purent voir avec indifférence le faible écrasé par le fort. Mais tous ceux qui avaient prêté à cette iniquité leur concours actif ou leur condescendance passive ne tardèrent point à s'en repentir. Ce fut le point de départ d'une foule de complications, qui amenèrent un massacre épouvantable d'Omnigos.

Les Myrmigots dévalisés, un fin ministre, appelé Bismargo, fit remarquer à son maître, le roi des Berlingots, combien les deux provinces escroquées, au lieu d'être galamment offertes à la confédération, seraient bonnes à garder pour les Berlingots. L'avis eut du succès; seulement les Austrogots, qui avaient fait la moitié de ce bel ouvrage, retenaient la moitié du gâteau et refusaient de la lâcher, ne voulant pas avoir travaillé pour le roi de Prusse..... C'est une locution familière que.....

— Allez toujours, nous connaissons cela.

— Empêcher les Berlingots de s'engraisser, telle était, au fond, l'idée des Austrogots. Ils feignirent donc d'être scandalisés de la déloyauté de leurs complices et en appelèrent à la confédération, lui voulant persuader qu'ils restaient ses champions et défendaient ses intérêts. La confédération, qui était bonne, eut la naïveté de les croire et se mit de leur côté. Bismargo se promit bien de démolir cette sotte, s'il était assez fort, et de lui faire payer les pots cassés. Mais les Austrogots, déjà fort redoutables par eux-mêmes, ainsi renforcés, auraient peut-être eu bon marché des Berlingots, bien que ceux-ci, comme vous le verrez, ne fussent point à dédaigner. Aussi, l'adroit Bismargo, pour rétablir l'équilibre des forces, s'avisa d'engager dans la querelle un autre peuple du Sud, les Alpingos. Ces derniers avaient un vieux compte à régler avec les Austrogots, au sujet d'une autre province que ceux-ci détenaient contre toute justice. Par cette habile manœuvre, les puissants Austrogots, assistés de leur chère confédération, allaient se trouver pris entre deux feux : au nord, les Berlingots affamés d'annexion, au sud, les Alpingos altérés d'unité.

*
* *

Notre politique internationale, à cette époque, reposait toute entière sur un fameux système, connu sous le nom d'équilibre gogopéen. Deux puissances en venaient-elles aux coups, cet ingénieux système ne permettait guère aux autres États de rester spectateurs indifférents de la lutte, à moins qu'il ne s'agît d'écraser de petites gens comme les Myrmigots.

Cette fois, la querelle prenant des proportions émouvantes, les autres grandes nations gogopéennes crurent devoir intervenir pour arranger pacifiquement les choses. On proposa la réunion amiable appelée *congrego*, ou le triomphe de la diplomatie, afin de prévenir les hostilités. Mais, les têtes étaient trop montées, les préparatifs étaient faits; les parties engagées ne voulurent pas en être pour leurs frais; on envoya au diable le *congrego*, et le carnago commença.

Ainsi, vous le voyez, le ciel permit qu'une petite vilenie, commise au détriment d'un petit peuple, par trois grandes nations, engendrât cette terrible guerre d'expiation, ou devaient périr tant de millions de pauvres Omnigos.

Tels étaient les effets ordinaires de ce système d'équilibre savamment pratiqué.

Les rapports internationaux se trouvaient, à chaque instant, compliqués de difficultés sans nombre qui surgissaient dans tous les coins du système ; et comme tout le monde avait au nom de l'équilibre le droit de s'en mêler, il y avait d'autant plus de raisons de ne se point accorder. — On appelait cela les *questions pendantes.*

Vous ne sauriez croire la quantité de questions qui pendaient à cette époque : *Venigote*, *Pontifigote*, *Polagote*, *Danubigote*, *Ottomagote*, etc., etc. Autant de ficelles qui, tirées un peu trop fort, dérangeaient la balance du système : il fallait alors des boulets de canon pour faire contrepoids. De cette manière, les plus petites questions devenaient grosses, grosses d'autres questions. Au lieu de les débrouiller, le canon les mettait en morceaux, et les morceaux en étaient si bons que pour une on en avait plusieurs. Tels, ces annélides dont chaque tronçon redevient un être complet.

*
* *

Ces pitoyables résultats nuisaient fort à cette singulière politique, dans l'opinion des rares Omnigos assez bien doués pour atteindre au simple gros bon sens. C'était au point que ces gens là arrivaient à nier non seulement l'efficacité mais la réalité, l'existence même de toute science politique, et motivaient ainsi leur incrédulité :

Nous tenons grande estime de cette science appelée économie sociale, science réelle, positive et féconde pour le bonheur moral et matériel des peuples. Mais cette autre prétendue science, dite politique, que l'on s'obstine à mêler et à confondre avec la première, est en réalité la négation de celle-ci, et met à ses progrès d'éternelles entraves. La politique est une fiction, un composé artificiel de théories et de conventions ; à proprement parler, en principe elle n'est pas.

Qu'est-ce que la politique à l'intérieur ? Principes faux ou travestis. L'autorité par délégation divine, par exemple ? Absurdité qui viole le libre arbitre. La souveraineté nationale ? Principe de droit naturel, que vous travestissez pompeusement en droits politiques. Si cette pratique collective de la liberté individuelle exige l'emploi d'un procédé mécanique pour assurer à chacun l'exercice régulier de son droit, choisissez le procédé le plus simple ; appelez-le modestement : administration ; faites-en une fonction, un devoir, un dévouement ; n'en faites pas un pouvoir, un instrument, une politique enfin.

La politique intérieure ne produit, en fin de compte, que la contradiction et le chaos. Là, chaque prétendu principe a tort et raison tour à tour ; à chaque instant les extrêmes se touchent en s'empruntant mutuellement leurs excès, surtout leur argument suprême à tous les deux qui est la force. La combinaison mixte des deux principes est une impossibilité condamnée à errer fatalement des vices de l'un aux abus de l'autre. Ces expériences trop répétées hâtent la décadence et amènent la mort des nations. Jamais révolution purement politique ne fut profitable au genre omnigo. Plus terribles et plus rares, les révolutions sociales peuvent être fécondes, mais elles le seraient bien davantage si elles n'étaient viciées toujours par ce virus politique, véritable peste des sociétés.

A l'extérieur, la politique fait pis encore. C'est là surtout que l'*ultima ratio* ou l'abus de la force exerce ses ravages. La guerre, même heureuse, est pour les peuples un épouvantable fléau ; la conquête ou l'agrandissement par la force est un appauvrissement déguisé sous la gloire ; c'est l'éternel aliment des haines et des rivalités nationales, c'est le présage certain de la ruine finale. Un peuple qui voudrait bien ne pas se mêler des affaires de ses voisins et ne s'occuper que des siennes, deviendrait promptement riche, heureux et fort : et si, quelque jour, ces mêmes voisins énervés par la politique lui voulaient chercher querelle, ils seraient épouvantés de rencontrer cette puissance imprévue, amassée à l'écart de leurs stériles agitations.

Donc, pas de politique étrangère; ne voyons chez nos voisins que des individus et non des nationalités ; laissons-les tranquilles pour qu'on nous rende la pareille ; ce n'est pas de l'égoïsme, c'est le meilleur moyen de leur rendre service. Il sera toujours temps, s'ils se lassent de cette placidité, de leur prouver que ce n'est pas de la faiblesse. En attendant, appliquons toutes nos forces vives au développement de notre prospérité intérieure ; faisons de l'économie sociale, administrative, morale, pratique, ne faisons plus ce qu'on appelle de la politique : vain mot, science creuse, aux promesses menteuses, aux procédés tortueux et brutaux, habile à détruire, à fonder impuissante. Telles étaient, mon cher Monsieur, en 18660, les opinions politiques de tous les Omnigos raisonnables. Mais... il n'y en avait guère de cette force-là.

— Parbleu ! Monsieur, j'aime à le croire...

— Je reviens à la guerre de 18660.

*
* *

Jadis on avait vu des guerres durer trente ans. Celle-ci, tout en faisant beaucoup de mal, ne dura pas et ne pouvait durer longtemps, il y avait pour cela deux raisons.

D'abord la guerre était devenue hors de prix.

Même en temps de paix, l'esprit de défiance et de rivalité, fruit du précieux équilibre, poussait les gouvernements à entretenir des armées permanentes énormes. Le matériel de guerre était devenu d'un luxe de force et de calibre horriblement ruineux. Un canon coûtait autant que le vaisseau d'autrefois, et le vaisseau que toute une flotte. Ceci était pour la paix, la guerre survenant triplait tout d'un coup armées et dépenses ; impôts et emprunts n'y suffisaient pas et tous les gouvernements semblaient, pris de vertige, se défier en une course à la banqueroute.

L'autre raison qui ne permettait plus aux guerres de durer, c'est que les engins de destruction, perfectionnés par la science, allaient trop vite en besogne. Les Omnigos n'abondaient pas plus que les écus; les bataillons fondaient au feu comme neige; le carnage avait atteint son apogée de science et de bêtise, le génie en délire de la boucherie ne pouvait aller plus loin; c'était à qui surpasserait ses voisins dans l'invention de quelque appareil irrésistible d'égorgement. On se massacrait à raison de 100,000 Omnigos en quinze jours; cela coûtait, au bas mot, un milliard, ce qui mettait le prix de revient de chaque tué à dix mille francs l'un : la statistique est impitoyable. Sans doute un jeune et vigoureux Omnigo n'est pas cher à ce prix, pourtant... quand il est mort?

Toutefois, si la conclusion de cette dernière guerre fut si prompte, cela tint surtout au rôle inattendu qu'y jouèrent les Berlingots, stupéfiant non seulement leurs adversaires directs, mais encore les autres peuples gogos spectateurs de la lutte.

En effet, les Berlingots, que l'on n'aurait pas crus si redoutables, avaient eu le bon esprit depuis longtemps de faire peu de politique active au dehors et l'heureuse chance de trouver, dans les loisirs d'une paix prolongée, un nouvel engin de guerre qui devint, en cette occasion, l'instrument de leurs succès invraisemblables; c'était le fameux fusil électriqne, à jet continu, réalisant à souhait la grêle de balles, idéal des chercheurs en l'art de tuer.

L'usage de cette arme nouvelle n'exigeant point de grandes dispositions naturelles, ni d'études préliminaires, les Berlingots avaient pu en armer toute leur population valide, laboureurs et ouvriers, marchands et magistrats, banquiers et teneurs de livres. Ces bons pères de famille, dont on n'attendait pas de si grandes prouesses, écrasèrent très-rondement, avec ce jouet perfectionné, les soldats plus exercés de leurs adversaires, et ceux-ci, ébahis de leur facile déconfiture, s'empressèrent de mettre les pouces.

Bismargo, ce ministre de génie, pensant

qu'une si belle occasion pouvait bien ne pas revenir de longtemps, se hâta, avant qu'on fût revenu de cette stupeur, d'annexer vivement, à droite et à gauche, tout ce qui lui tomba sous la main et conclut une paix, plus ou moins provisoire, pour se donner le temps de digérer tant d'annexions. Ici, Bismargo, malgré son audace ordinaire, fut presque modéré : il fallut lui savoir gré de n'en pas avoir pris davantage, car on ne sait pas trop ce qui pouvait l'en empêcher. Il est vrai que les Berlingots eux-mêmes n'étaient pas les moins ahuris de leurs triomphes, et que, sans être précisément comme la poule qui a trouvé un couteau, ils ne surent pas tirer de leur invention tout le parti possible.

Bref, la paix signée, on s'aperçut que les fameuses questions pendaient toujours, et même les derniers traités en contenaient en germes de terribles qui ne demandaient qu'à éclore.

Depuis longtemps, à chaque guerre nouvelle, on espérait que ce serait la dernière et que l'excès même détruirait le fléau. Le résultat de celle-ci faillit tuer cette belle illusion. En effet, la trouvaille foudroyante des Berlingots imposait aux gouvernements de nouveaux devoirs, et à leurs peuples de nouveaux sacrifices. Ne fallait-il pas pouvoir, le cas échéant, répondre sur le même diapason aux négociants Berlingots, devenus tout à coup les Jupiters tonnants du monde gogopéen ? N'était-il pas urgent d'appliquer aux armes de guerre l'électricité ou quelque chose de mieux, si l'on trouvait, et l'on ne désespérait pas de trouver. Ne devait-on pas surtout doubler ou tripler le nombre des porteurs de fusil ? Puisque désormais on allait en tuer beaucoup plus, il fallait bien en avoir à foison, si l'on voulait qu'il en restât quelques-uns : vérité élémentaire s'il en fut. Seuls, quelques esprits bornés voyaient la chose autrement et prétendaient que le moyen de diminuer le mal serait de réduire les armées : on leur riait au nez.

Cependant cette nécessité même de se mettre en état de défense ne présageait pas un avenir couleur de rose. La question d'argent s'aggravait; on était endetté jusqu'au cou ou ruiné jusqu'aux moelles, et les frais augmentaient. On avait tout imposé, même l'impôt, sans pouvoir tuer le déficit chronique qui rongeait partout les finances. Fallait-il recourir à cette extrémité, interdite aux pauvres diables et tolérée chez les gouvernements, qui s'appelle la banqueroute? Enfin, comme l'on peut, avec un peu d'adresse, tourner les questions de ce genre et trouver encore de l'argent, les financiers d'Etat se mirent à l'œuvre, on pouvait s'en fier à eux.

Mais la Gogogène entière était démoralisée, elle pleurait un peu ses morts et beaucoup son argent, et tous les peuples gogos chantaient à l'unisson l'hymne d'exécration contre la guerre, ce hideux et ruineux *carnago*, source de tous les maux, cause de tant de larmes.

*
* *

Alors commença partout à la fois un

grand travail de réaction contre les errements séculaires de la politique; une ardente recherche des causes du mal et surtout des moyens de préserver l'avenir. Ce ne fut plus la tâche de la diplomatie, ce fut le grand œuvre de la réflexion des peuples et de la révolte du sens commun ; quant à la diplomatie, cette antique et persévérante illusion, elle reçut alors un coup terrible ; on n'y voulut plus croire... A propos, y croyez-vous encore ?

— Heu! ça baisse un peu.

— Vous finirez bien aussi par reconnaître que cette prétendue science n'est que l'art d'amuser le tapis, de chicaner les échéances, enfin de reculer pour mieux sauter.

La cause de ce fléau éternellement périodique, la guerre, commençait à se dégager, aux yeux des Omnigos sensés, des obscurités intéressées qui l'offusquaient. A dire vrai, elle aurait dû crever les yeux à tout le monde, mais l'œil, a dit un de nos grands penseurs, ne voit pas ce qui le touche ; elle s'étalait pourtant au grand jour dans toutes les constitutions, et plus brutalement encore là où il n'y avait pas de constitution, car tous les gouvernements n'avaient pas encore la générosité d'en donner ou la faiblesse d'en accepter... Il y en a, je pense, chez vous des constitutions?

— Parbleu, fis-je en me redressant, nous croyez-vous esclaves?

— Dieu m'en garde... et les respectez-vous beaucoup les constitutions?...

— Peuh!... tant que nous pouvons.

— Ce n'est peut-être pas assez... Je ne prétends pas qu'il faille porter le respect jusqu'à ne jamais y toucher.

— Oh!... nous n'en sommes pas là... tant s'en faut. — Cet Omnigo, me disais-je, serait-il un peu révolutionnaire?

— Alors, reprit-il, combien de temps peut durer chez vous une constitution?

— Mais... cela varie beaucoup: entre une douzaine d'années et... quinze jours.

— Juste comme chez nous, à l'époque historique dont je vous parle. Au reste, quelque bonnes qu'elles soient, les constitutions s'usent; il faut, pour les faire vivre le plus longtemps possible, les restaurer de temps en temps : Je suis partisan de la doctrine de perfectibilité.

— Oh! et moi aussi... pourtant nous sommes enclins à démolir à fond, quand nous démolissons, et cela nous arrive souvent.

— C'est un tort! il faut beaucoup d'égard avec les vieilles constitutions. Mieux vaut utiliser ce qu'elles ont encore de bon et remettre des pièces neuves où il en est besoin. C'est de l'éclectisme constitutionnel... peut-être ignorez-vous ce que c'est que l'éclec...

—Allons donc!... vous nous croyez trop primitifs.

— Pardon, je croyais que les Omnigos seuls... Je continue. En procédant ainsi, vous comprenez, on a toujours la même constitution, comme on a toujours le même couteau en changeant tour à tour le manche et la lame.

— Bon, pensai-je, c'est un révolutionnaire modéré...

— Eh bien, à cette époque, on découvrit, comme vous l'allez voir, que toutes les constitutions, hormis celle de mon pays, péchaient évidemment.

— Par le manche, peut-être?

— Vous l'avez dit.

*
* *

Décimés et ruinés, les peuples s'étaient mis à raisonner plus que de coutume. Ils se demandaient ce qui les poussait périodiquement dans cet abîme de maux enfantés par la guerre, et à qui et à quoi profitait cet atroce et niais carnage. Sans doute, il y avait de la gloire à récolter en tuant, et c'est une belle chose que la gloire. Cependant, à ce prix, on se lasse des plus belles choses, et en fait de gloire, quelques peuples, le notre surtout, qui en était surchargé, commençaient à se dégoûter de cette denrée par son abondance même un peu discréditée.

Ce fut dans les journaux que le bon sens reveillé se donna libre cours à ressasser toutes ces considérations ; au grand déplaisir des gouvernements peu partisans d'une trop grande liberté de presse, qui ne se laissèrent pas mettre en cause, et continrent d'abord ce déchaînement contre la guerre dans les bornes d'une croisade purement philosophique..... avez-vous des journaux?

Si l'on peut faire uue pareille question, pensais-je.....

—Des milliers ! dis-je un peu sèchement.

— Allons, vous êtes plus avancés que je ne croyais. Nous aussi, alors, nous en avions de reste ; ils étaient en grande faveur, on était encore friand de cette pâture. Il est vrai que, dans ce temps-là, ils ne payaient pas encore leurs lecteurs, ce qui les a fait, plus tard, tomber en discrédit, et enfin les a tués.....

— Comment dites-vous ?..... payer leurs lecteurs ?

— Eh ! sans doute.. je comprends votre étonnement : vous en êtes encore, je gage, à payer pour les lire.

— Mais.....

— C'est pourtant bien simple.

La clientèle des journaux était double : clientèle d'annonces, payant cher pour se faire imprimer, clientèle de lecteurs payant pour lire ce qui était imprimé. Peu à peu, les annonces devinrent la grande affaire, la principale source de bénéfices. Dès lors, la politique n'eut plus dans le journal qu'une petite place, suffisante du reste, vu l'état de paix générale et l'heureuse monotonie des affaires étrangères. Quant à la littérature de pacotille qu'on y servait depuis longtemps, on en était bien las, et peu de monde l'allait chercher dans le coin de la feuille où elle était reléguée. Il résulta de tout cela un manque d'intérêt dans la lecture et l'abonnement périclita.

Or, perdre les lecteurs, vous comprenez, c'était perdre les annonces, qui veulent, en payant, être assurées d'une certaine publicité. Un journal bourré d'annonces dut maintenir à tout prix son tirage et conserver un chiffre décent d'abonnés. De là, réductions de prix successives, puis, la concurrence poussant, service gratuit; plus tard, primes payées aux lecteurs, primes de plus en plus fortes. Ce fut la mort des journaux. Bientôt il fut de mauvais goût, dans une certaine classe, de recevoir cette espèce de salaire ou d'aumône, qui fut abandonnée aux besoigneux. Une proposition d'abonnement devint presque une injure, et la clientèle de lecteurs ne put se recruter que parmi les mendiants. Mais ce public-là n'était point celui auquel prétendaient s'adresser les annonces; celles-ci déménagèrent peu à peu et avec elles emportèrent les bénéfices.

En somme, nous n'avons plus de journaux, si ce n'est quelques revues scientifiques et industrielles d'un intérêt pratique et un *Moniteur* pour les actes publics.

D'ailleurs, à quoi nous serviraient aujourd'hui des journaux ? N'avons-nous pas sur nos places publiques, complétant nos horloges, des cadrans électriques, qui impriment, incessamment et à la vue de tous, ce qui se passe d'un instant à l'autre sur toute la surface de notre globe. Pour les annonces ..... elles s'inscrivent en mosaïque sur les trottoirs de nos grandes villes; on est forcé de marcher dessus, et on lit malgré soi. Les municipalités y gagnent doublement en vendant des concessions de trottoirs pour annonces, et en se déchargeant sur les concessionnaires des frais de construction et d'entretien.....

Je craignis un instant que cet Omnigo ne me prît pour..... un autre. Par politesse, je n'en laissai rien voir, il continua :

*
* *

Revenons à l'état moral où se trouvait le monde gogo, après la guerre de **18660.**

C'était donc un déchaînement général contre le fléau homicide, des aspirations ardentes à la paix universelle, à la concorde, à la fraternité des peuples. Heureux de rencontrer un thème si fécond, les journaux s'en donnaient à cœur-joie ; et jamais, il faut le dire, ils n'avaient si fidèlement reflété l'opinion. Toutes les rengaînes et dégaînes philosophiques et morales, politiques et sociales, humanitaires et sentimentales, entassées sur ce sujet par la sagesse des nations, furent exhumées et mises à réquisition. Les auteurs spéciaux furent dévalisés, notamment le brave abbé San-Piergo, qui, plus d'un siècle auparavant, avait libellé, en plusieurs volumes oubliés, le rêve de la paix perpétuelle. Il y gagna un peu tard le brevet d'Omnigo de génie et plusieurs statues en divers lieux.

Le peuple chez lequel se produisit avec le plus de violence ce mouvement ultra-pacifique fut précisément ce grand peuple vertigo, auquel je suis fier d'appartenir. De tous les peuples gogos, celui-ci se prétend, et peut-être avec raison, le plus intelligent et le plus spirituel.....

— C'est avec raison, j'en suis sûr, dis-je, pour être poli.

—Mais, reprit mon hôte en s'inclinant, par une contradiction qui vous paraîtra bizarre, ce peuple était assurément le plus belliqueux de tous, le plus amoureux de la gloire guerrière, le plus riche d'exploits en ce genre. C'est donc chez mes compatriotes que nous allons étudier la marche de cette conversion dans les mœurs et les idées politiques, parce que c'est là qu'elle fut le plus étonnante par son invraisemblance et sa ferveur, et là que furent tentés les premiers essais pratiques pour transformer les rapports internationaux et changer la face du monde gogopéen.

En effet, il ne suffisait pas de déblatérer contre la guerre et de prêcher la fraternité des peuples, il fallait trouver le moyen de réaliser cette flatteuse chimère. Le génie vertigo ne s'y épargna point, et cette initiative d'une nation si redoutable par ses qualités guerrières dut avoir, aux yeux de ses voisins, un caractère de grandeur et d'abnégation bien propre à les entraîner à sa suite dans cette voie généreuse. Il y avait toujours eu chez les Vertigos plusieurs partis politiques : quoique divisés sur d'autres points de la doctrine, ils se rallièrent tous pour concourir à cette noble mission, et les divers journaux qui leur servaient d'organes luttèrent de zèle et d'efforts pour faire avancer le problème.

Ce fut un déluge d'études, de combinaisons, de plans, d'inventions, de propositions, de discussions et de démonstrations, où se heurtaient d'une manière fantastique le sublime et l'absurde, l'ingénieux et l'impossible : de moyen pratique point. On l'avait sous la main, on ne le voyait pas ; il était tout trouvé, on le cherchait partout... *Oculos häbent et*..... c'est du *romagot*, le savez-vous?

— Allez donc..... nous savons tout.

*
* *

Cependant, il y avait en ce temps-là un fougueux et madré journaliste, appelé *Patrigo*, qui accouchait de vingt idées par jour. Un beau soir, ayant fait un effort, il alla jusqu'à vingt-et-une, et la dernière se trouva bonne. Or, quand notre homme avait une bonne idée, il ne la lâchait plus, et son journal, alors fort répandu, en avait pour longtemps.

Patrigo, ce jour-là, imprima donc ceci, ou à peu près :

— « Peuple,

Qui fait la guerre ? toi.

Qui la paie ? toi.

Qui en souffre ? toi.

Qui en meurt ? toi.

Mais,

Qui la désire, la provoque, la décide, la déclare ? Est-ce-toi ? la chose n'est pas assez claire.

Il faut que ce soit toi, rien que toi, irrécusablement toi ! »

Du moment que Patrigo avait l'ombre d'une idée, ses confrères, qui n'en avaient pas souvent, ne manquèrent pas de lui tomber dessus.

— « A qui en a ce pourfendeur de moulins ? Où veut-il en venir ? Est-ce en faisant de l'agitation populaire qu'il pense guérir les maux du pays ? Patrigo devient-il révolutionnaire ? Est-ce là le remède, cent fois pire que le mal, imaginé par ce songe-creux, ce bluteur de sentences, qui voudrait nous donner pour oracles ses absurdes hachures ? Que signifient ces questions ridicules? prétendrait-il nier l'évidence ? A-t-il oublié quelle a toujours été l'attitude du brave peuple vertigo, chaque fois que la question de guerre a surgi à l'horizon politique ? N'a-t-il pas vu l'élan unanime de ce grand peuple, toujours prêt à seconder son gouvernement dans la défense de notre honneur et de nos droits, à souscrire aux emprunts nécessaires, à voter enfin, par ses représentants, tout ce que réclamait le danger de la patrie ? Ou vos phrases tranchantes ne signifient rien, inconséquent polémiste, ou bien en insinuant que, dans ces occasions solennelles, le peuple vertigo n'a pas toujours marché dans un accord intime, absolu, spontané, avec le gouvernement, vous avez insulté au patriotisme du pays ! ! »

Réponse de Patrigo :

— « Ces gens-là ne me comprendront jamais.

Non, je n'ai pas insulté mon pays dans son patriotisme.

Et moi aussi, je l'admire ce patriotisme ;

Je l'admire, mais je ne le flatte pas.

Votre élan unanime, c'est un instinct ;

Je ne prends pas les instincts pour des opinions.

Votre empressement à mordre aux emprunts, c'est de la spéculation ;

Je ne la confonds pas avec le désintéressement.

Ce que j'ai voulu dire, le voici :

La guerre est, dans la vie des peuples, la question suprême, celle qui touche à tout, honneur, liberté, travail, fortune, famille.

Celle qui fait les ruines, la misère, le deuil, l'esclavage, la honte ; la question de vie et de mort.

Je demande que les victimes soient consultées davantage, avant le sacrifice.

Que parlez-vous de représentants ? Ils discutent, ils chicanent ; leur vote peut être un contrôle, un obstacle ; cela ne suffit pas.

Qui dit vote ne dit pas *veto !*

Il est des choses qu'il faut donner soi-même, et non par intermédiaire :

Son sang, par exemple ! ! »

— « Ceci demande des explications, Patrigo. Nous craignons de comprendre le sens révolutionnaire qui se cache sous ces doctrines. Patrigo serait-il un factieux ? »

— « Des explications... ? Encore une fois, la victime est-elle suffisamment consultée ? Non ! — Je ne parle pas de ces Etats où domine encore la volonté d'un seul homme, qui peut d'un geste envoyer son monde à la boucherie. Les peuples gogos qui supportent encore ce régime ne méritent pas mieux, pour leur imbécillité, que ce destin pécudesque.

Mais là où la lumière a pénétré, là où il existe, entre la nation et le pouvoir dirigeant, un contrat régulier qui fixe les droits et les rapports des deux parties ; dans les gouvernements constitutionnels enfin, dans tous, même les plus libéraux et les plus populaires, que voit-on ?

J'y vois, moi, et d'aujourd'hui seulement

je l'avoue, j'y vois, ce qui y fut toujours et partout, une anomalie étrange , une aberration grotesque, un contre-sens énorme , une naïveté colossale, qui m'éblouit, m'aveugle, me stupéfie.

Je vois, dans toutes les constitutions, la solution suprême de cette grande question de paix et de guerre, de vie et de mort, je la vois réservée et dévolue par privilége spécial, à qui ?...

A celle des deux parties qui doit fournir et payer l'hécatombe ? Non !

Aux moutons... ? Jamais !

Au berger ?... Toujours.

Il est grand temps, vous dis-je , que les moutons soient plus consultés. En vain prétendez-vous qu'ils le sont assez par l'entremise de leurs représentants, non ! Quand il s'agira d'immoler les représentants, à la bonne heure ! leur vote suffira, j'y consens.

Encore une fois, avant le sacrifice, interrogez directement la victime ; directement, vous dis-je, et je m'entends. » —

Ce fut un haro immense, universel .

— « Halte-là, Patrigo ! où allez-vous, insensé ? Ne voyez-vous point l'abîme sous vos pas ? Malheureux, ! vous sapez la Constitution ! Rien n'est sacré pour.... »

— « (*) Sapeurs vous-mêmes ! hurlait Patrigo. Je ne sape pas, moi, j'édifie ; je n'ébranle pas, moi, je consolide ; surtout je n'endors pas, je réveille, je ne flatte pas, j'avertis.

Oui, j'attaque toutes les constitutions, hormis une seule :

Vous ne le voyez donc pas, niais ! c'est la nôtre ! celle-là, je veux la glorifier !

Oui, la nôtre, la seule qui porte avec elle cette panacée qui sauvera le monde.

La nôtre qui, pour réaliser cette grande promesse, n'exige ni violence, ni innovation.

La nôtre, machine admirable, complète, répondant à toutes les aspirations du siècle, à tous les besoins de la situation.

(*) Ce langage était alors admis dans la polémique sérieuse.

Il ne s'agit que de demander à l'appareil tout son effet utile, toute sa force applicable.

N'a-t-elle pas pour base un principe nouveau, dont la pratique est déjà profondément entrée dans nos mœurs politiques? C'est de ce principe fécond qu'il faut faire sortir toutes ses conséquences. Avez-vous enfin deviné que je parle de cette immense conquête, appelée *le suffrage universel* ?

C'est son application directe, immédiate, à la question de guerre que je demande.

Voilà la puissance qui doit terrasser le monstre! »

*
* *

Ici, mon hôte s'interrompant :

— Vous ne savez pas ce que c'est que le suffrage universel?...

— Comment donc, me récriai-je vivement, mais nous avons ça depuis longtemps.

— Ah ! pour le coup, vous m'étonnez... vous avez le suffrage...

— Parfaitement!... *suffrago*... risquai-je, pour le convaincre dans sa langue.

Universel...? insista l'Omnigo.

— Eh ! parbleu, *universigo*, si vous voulez, appuyai-je avec fierté. Ses étonnements me blessaient, à la fin.

Il s'inclina... et je pus voir dès lors, à certaines nuances de respect, que mon pays et moi nous venions de monter dans son estime, considérablement.

— Allons, dit-il, je vous en félicite; vous avez l'arme pacifique, il ne s'agit que de savoir s'en servir comme nous. Ce ne sera pas long; les temps d'épreuves vont finir pour votre monde, qui n'aura rien à envier au nôtre......

—Pardon, je ne vois pas que ce soit déjà si facile; votre fameux Patrigo, dans son temps, a dû soulever bien des objections, et sans nier le mérite de son idée, j'ai peine à comprendre comment on a pu chez les peuples gogos la faire passer dans le domaine pratique. Chez nous cette innovation ne s'établirait pas sans de graves conflits entre les deux parties intéressées; et même en la supposant établie, fonctionnerait-elle avec fruit?...... Il est vrai que nous sommes un peu turbulents....

— Croyez que sur ce point, chez les Omnigos, on ne vous cède en rien : le peuple vertigo surtout ne pèche pas par excès de modération. Aussi je crois, comme vous, que l'application de cette idée n'eût pas été facile et sans tiraillements, si nous n'eussions été servis, dans cette bienheureuse réforme, par une initiative que l'on n'attendait peut-être pas de ce côté, et que nous pouvons, à bon droit, regarder comme une intervention de la divine Providence. Tout se passa, vous le verrez, le mieux du monde.....

Mais finissons-en avec Patrigo.

Les objections de toute sorte ne lui manquèrent pas ; on alla même plus loin : la raillerie et la caricature s'exercèrent à ses dépens. Notre homme ne se démonta pas pour si peu, et, sans rompre d'une semelle il maintint son idée envers et contre tous, répondant aux objections, riant des caricatures. Comme vous l'avez dit, les deux objections principales, c'étaient la difficulté d'établir sans conflit son système et, en le supposant établi, l'inanité probable du résultat :

— « Comment, folliculaire incohérent, réaliserez-vous votre idée ? Comment, sans violer la constitution, transférerez-vous au peuple une fonction qu'elle réserve au pouvoir dirigeant ? Comment en dépouillerez-vous celui-ci sans provoquer sa légitime résistance ? Ce n'est pas à la paix générale, c'est aux catastrophes civiles, à la révolution que vous aboutirez : on ne vous suivra pas dans cette voie périlleuse. »

— « Ni conflit, ni violence, répondait Patrigo; la persuasion. Il ne s'agit pas de prendre, mais d'obtenir ; il ne s'agit pas d'innover, mais d'appliquer ce qui est.

Pour qui cèdera, il n'y aura pas déchéance d'un droit, mais délégation volontaire, révocable au besoin, si l'on veut.

Il n'y a ni amoindrissement, ni déshonneur à prêter librement ce qui vous appartient, surtout quand on le prête à qui vous l'a donné.

Il n'y a rien à perdre qu'une responsabilité lourde, et perte pareille est bénéfice.

On peut y gagner de plus la reconnaissance éternelle des peuples et la glorification dans l'histoire.

Comprenez-vous enfin en quelle initiative j'espère ?.... »

— « En verité, nous ne savons si l'on doit plus longtemps prendre au sérieux les divagations de Patrigo. Admettons un moment, pour flatter sa manie, qu'il trouve un Gouvernement assez bénévole pour tenter le singulier essai de ce merveilleux talisman. Êtes-vous sûr, ô Patrigo, êtes-vous sûr que, chez nous, la question de paix et de guerre posée, le suffrage universel vous donnerait souvent raison en votant pour la paix ? »

— « Sur ma tête ! oui, j'en réponds, le suffrage universel, libre et secret, donnera toujours contre la guerre une écrasante majorité.

J'ai dit secret, bien que la chose aille de soi, pour indiquer le danger de procéder par acclamation. Cela grise, étourdit, aveugle les Omnigos, le peuple vertigo surtout.

Posez donc la question ; l'expérience en vaut la peine ; et laissez réfléchir en silence.

Puis, que le vote s'exprime librement...

Et vous verrez le fond du sac !

Le père pensera à son fils,

Le fils à ses amours,

Le propriétaire à l'impôt,

Le commerçant aux affaires,

L'ouvrier au chômage,

Le financier à la baisse,

L'employé à sa place,

Le rentier à ses rentes,

Et tout ce monde répondra : Non !

Tout ce qui par la guerre peut être atteint dans ses affections ou dans ses intérêts répondra : Non ! — L'orgueil national ? direz-vous, l'amour de la patrie ? — La patrie, c'est tout le monde ; et quand elle-même prononce sur son honneur et sur ses intérêts, il faut s'en rapporter.

Faible sera la minorité. Sans doute elle comptera dans ses rangs de glorieux partisans, ne fût-ce que les soldats qui voteront pour leurs dieux ; mais elle en aura beaucoup qui lui feront moins d'honneur : tous ceux qui n'auront rien à perdre. »

— « Sur votre tête...? Patrigo ! le gage est bien léger ; l'assurance est superbe. Nous hésitons à troubler davantage vos illusions naïves. Encore une question, pourtant ; ce sera la dernière :

Admettons, par impossible, que le noble peuple vertigo, démentant en un jour son glorieux passé, en vienne jamais à formuler, en présence d'une guerre imminente, l'étrange vote négatif dont vous êtes si prompt à répondre. Suffit-il, pour empêcher la guerre, qu'une des deux parties la repousse? Et si l'ennemi persiste à la vouloir?... le ferez-vous aussi voter? »

— « Pourquoi non?.. reprenait fièrement Patrigo. Notre suffrage universel commence à beaucoup intéresser nos voisins, et pourrait bien finir par leur plaire tout à fait.

A nous voir faire si bon usage de la chose, il y aurait certes de quoi les séduire. Au fond, ils aiment la guerre moins que nous; un bon exemple est tôt suivi, quand l'intérêt y trouve son compte; et s'il venait de nous, cela pourrait les décider, croyez-le. »

— « Pauvre fou ! Et s'ils allaient dire oui, quand nous aurions dit non? Malheureux ! c'est l'invasion ! ! Et en face de l'invasion, faudrait-il encore voter la défense ?. »

— « Le fantôme de l'invasion! Bon, nous y voilà. — Je l'attendais, je le voyais venir, votre fantôme. Pauvre vieux fantôme ! à qui feras-tu peur?

Eh ! soyez donc tranquilles, ils n'y viendront pas. S'ils l'osaient, vous m'accorderez bien que je ne suis pas assez niais pour demander qu'on délibère ; il s'agit d'offensive et non pas de défense, quand je propose de voter. En face de l'invasion, ce n'est plus une majorité qui se prononce, c'est la nation entière qui se lève ; c'est le grand peuple vertigo broyant ses ennemis. Mais, encore une fois, ils n'y viendront pas ; l'invasion n'est pas dans leurs habitudes, pas tant que dans les nôtres, soyons francs.

Ça, voyons, à la façon dont vos veines se gonflent, quand vous lâchez ce gros mot d'invasion, on dirait, le bon Dieu vous assiste, que l'on nous envahit tous les mois. Allons, convenez-en, nous ne sommes pas envahis autant que cela. Mettez une fois par siècle, peut-être ; et encore, nous l'aurons tant cherché, nous en aurons si bien donné l'exemple, qu'ils seront forcés d'y venir ; comme ils le firent il y a plus d'un demi-siècle. Et depuis ? nous sommes-nous corrigés ? Pas trop, que je sache....

Puisqu'ils finissent toujours par nous imiter dans nos mauvaises habitudes, pourquoi ne le feraient-ils pas pour les bonnes, ce qui est plus facile ? Que ne leur donnons-nous un peu l'exemple du *rester chez soi ?* Pourquoi viendraient-ils nous chercher ici ? espéreraient-ils nous y trouver plus endurants que chez eux ?

Allez, si Dieu aidant et notre exemple

aussi, ils arrivaient, de leur côté, à soumettre le cas au suffrage universel, il n'y aurait pas de danger qu'ils voulussent dire oui, quand nous aurions dit non.

Par ainsi, chacun voulant rester chez soi, la guerre, ou je ne suis qu'un sot, me paraît impossible. »

— « Pauvre Patrigo! quel triste spectacle, cette décadence chez un homme de talent! l'infortuné ne comprend même plus qu'il y a des guerres nécessaires, inévitables; il ne s'inquiète même plus de ce que deviendraient, dans son système, les *questions pendantes*. Oui, Patrigo, les *questions pendantes*, qu'en faites-vous?... En vérité, c'est trop s'occuper de ce pauvre homme, il faut le plaindre et se taire. »

Mais Patrigo voulait avoir le dernier mot :

— « Les questions pendantes! s'écriait-il, eh! morbleu, laissez-les pendre, bon moyen pour les étouffer. Laissez-les pendre, vous dis-je, bien longtemps, les unes, jusqu'à ce qu'elles tombent à terre d'elles-mêmes, comme ces fruits trop mûrs que l'on ne ramasse pas ; les autres, jusqu'à ce que les gouvernements, voyant que décidément les peuples n'aiment plus le carnage, trouvent un moyen moins idiot et moins sauvage de résoudre celles qui pendraient encore. Or, comme les gouvernements auront, avec la paix, plus de loisir et plus d'argent, il faut bien croire, à moins de désespérer de l'avenir du genre omnigo, qu'ils sauront trouver quelque chose.

Supprimons d'abord les armées qui nous épuisent et nous ruinent, et nous verrons après : qui peut le plus, peut le moins ; le reste n'est qu'un jeu. »

Et Patrigo ne dissimulait pas qu'il avait en réserve, sur ce point, plus d'idées qu'il n'en fallait pour tirer d'embarras tous les gouvernements. De fait, c'était toujours la même idée ; et les questions pendantes, selon lui, ne devaient pas non plus résister à l'action du remède, je veux dire du suffrage universel.

On se lassa de lui répondre ; on riait encore, on ne daignait pas discuter.

Quelqu'un riait plus que les autres, mais dans sa barbe ; c'était l'illustre *Aquilago*, qui gouvernait alors l'empire vertigo ; il avait sans doute ses raisons.

*
* *

Au milieu de ces élucubrations anti-belliqueuses, le temps se passait. Les traces du fléau s'effaçaient dans les cœurs et dans les esprits. Grâce à cette triste et précieuse faveur du ciel, qui s'appelle l'oubli, et qui permet aux sociétés comme aux individus de respirer, entre l'orage de la veille et le danger du lendemain, notre pauvre monde gogo commençait à reprendre courage ; on voyait reparaître l'argent, ce baume actif, quoique malsain, des plaies nationales ; et déjà les journaux entonnaient l'hymne consolant et toujours neuf de la prospérité renaissante.

Les choses reprirent donc leur cours ordinaire ; les petits évènements de chaque jour eurent bientôt fait perdre de vue la grande question philosophique et sociale ; la voix de Patrigo s'éteignit dans la risée et dans le bruit, et le souvenir des maux passés s'envola avec le dernier jour de deuil. L'équilibre gogopéen put attendre avec quelque répit une nouvelle secousse au premier coup de vent, cela ne pouvait pas tarder, il y avait encore trop de questions qui pendaient !

En attendant, on se livrait avec ardeur à ces luttes pacifiques, plus saines et plus lucratives, que les Omnigos appellent tournois de l'industrie, et vous, je crois, expositions.

Chaque nation avait, pour cette destination spéciale, toute une ville immense, construite en vue de ces solennités, et chacune à son tour y donnait l'hospitalité à la quincaillerie universelle. On y recevait tout avec honneur, jusqu'au simple bonnet de coton. On décorait le vainqueur du même insigne glorieux que les guerriers, et l'on ne trouvait pas qu'il fût moins mérité... Nous n'en êtes pas encore là, je suppose... ?

— Mais pas trop loin, vraiment.... Chez nous aussi, les expositions commencent à sévir avec une frénésie qui finira par devenir intolérable. Ce serait un malheur, car cette guerre en somme est préférable à l'autre, et il serait fâcheux que l'on s'en dégoûtât. Chez nous aussi, le bonnet de coton abuse de la permission; non que je veuille proscrire cet article intéressant et d'autres aussi modestes, mais il tient trop de place. Que tous les pays producteurs de bonneterie, même la Prusse, où l'on se couche avec un casque, envoient au concours le roi de leurs bonnets, je le veux bien; cela ferait une douzaine; c'est suffisant pour juger du progrès comparé des nations en ce genre. Enfin, on devrait faire un choix dans les produits de l'industrie, comme l'on fait pour ceux des arts, avant de les admettre. Ce serait un service rendu au visiteur qui patauge dans ce fouillis. Les meubles envahissent la place, les pianos pullulent, la tapisserie déborde, les tissus foisonnent, l'orfévrerie aveugle, la céramique s'oublie, la quincaillerie s'emporte, la carosserie encombre, la métallurgie abuse, l'artillerie s'en mêle.... c'est un déluge universel !.....

— « Bah ! calmez-vous; avec le temps cela s'arrangera. Vous ferez comme nous, vous aurez une ville entière pour loger tout, produits et visiteurs. Les articles seront classés par rues et non par nations ; vous prendrez, à votre gré, la rue des bonnets, la rue des tapis , la rue des bahuts, etc. ; et si vous redoutez les écarts de la céramique, vous éviterez la rue des pots....

— Peste ! vous entendez le classement... Mais revenons, je vous prie , à nos études historiques.

*
* *

— Soit, reprit-il :

Trois ans de paix, cela ne pouvait pas durer.

Une grosse question , qui dormait d'un sommeil trop léger, se réveilla tout à coup.

Il s'agissait du *Rhingo*, un grand fleuve

qui sépare les Vertigos de la Meingoterie. Ce beau fleuve coulait un peu trop d'un côté et pas assez de l'autre. Rectifier l'erreur n'était pas une petite affaire ; cette question avait eu, de tout temps, le don de passionner les deux peuples au suprême degré. Parlait-on de toucher au Rhingo, qu'ils tenaient pour un fleuve sacré, tous les Meingots, petits et grands, gens calmes d'ordinaire, entraient en convulsions ; et l'envie d'y toucher en doublait chez nos bouillants Vertigos.

Les diplomates, avec leur confiante naïveté, entreprirent la chose et firent dans le Rhingo leur suprême plongeon. L'affaire tournait au salpêtre; et l'Equilibre gogopéen d'entrer en branle de nouveau. Toute la Meingotaille rugissait, les Berlingots en tête et les Austrogots poussant par derrière, avec le doux espoir de voir les Berlingots rossés.

Mais, nous avions d'autres ennemis plus intimes et plus redoutables : ces fameux insulaires, appelés Trafigos. Ceux-ci riaient déjà de notre position délicate, quand ils reconnurent qu'au lieu de se frotter les mains ils seraient obligés de les mettre à la pâte et de travailler pour leur compte. Voici pourquoi :

Les puissants *Rustigots* avaient depuis un siècle une idée fixe, que leur avait mise en tête jadis *Petermago*, le plus célèbre de leurs despotes. Il s'agissait, tout simplement, de tomber sur le vieil empire Ottomagot, qui se mourait de consomption. Cet empire ne valait guère la peine d'être défendu, mais il valait encore la peine d'être pris, surtout pour les Rustigots, gens qui recherchent le soleil parce qu'ils gèlent chez eux. Or, les lois de l'Equilibre ne pouvaient leur passer une telle liberté. L'empire Ottomagot était considéré, dans le système gogopéen, comme une pièce essentielle, bien que vermoulue, à laquelle on ne pouvait toucher, sans risquer de mettre le système sens dessus dessous. C'était contre l'ambition hyperboréenne des Rustigots, une espèce de paravent, assez endommagé, il est vrai ; aussi, les autres peuples gogos ne cessaient-ils d'y faire de coûteuses réparations ; et cette sollicitude avait plus d'une fois fait avorter les projets de conquête de l'empire du Nord. Mais ces tuteurs vigilants allaient être distraits de leur surveillance ordinaire par les autres affaires qui leur tombaient sur les bras ; il se présentait donc, pour les Rustigots, une nouvelle occasion de faire leur mauvais coup et de gober le morceau convoité.

Cependant, parmi les replâtreur zélés de la masure Ottomagote, s'étaient toujours distingués entre tous messieurs les Trafigos. Peu chevaleresques de leur nature, mais fins commerçants, il n'eût pas été vraisemblable qu'ils missent tant de soin à soutenir le vieil édifice, si leurs intérêts n'y eussent été fortement engagés. En effet, par le renversement de la barrière ottomagote, les Trafigos auraient pu voir s'ouvrir, au centre même de leurs affaires et jusque sur leur principal entrepôt, appelé *Mediterrago*, une porte menaçante, pouvant donner passage à des voisins indiscrets, sinon à des voleurs dangereux, comme les Rustigots.

On comprend dès lors avec quelle inquiétude ces chers Trafigos virent les Omnigos du Nord préparer un nouvel assaut contre leur vieille porte. Nos insulaires se trouvaient dans un grand embarras : d'un côté, ils n'auraient pas été fâchés de nous voir écrasés par la Meingoterie, et de l'autre, ils avaient toujours besoin de nous pour les aider à se barricader contre les Rustigots. Pourtant, cette fois, on allait les laisser se tirer d'affaire comme ils pourraient ; nous étions trop occupés pour notre compte sur les bords du Rhingo.

On se préparait donc chez nous à emporter enfin ce fameux Rhingo, où l'on brûlait de se désaltérer depuis un temps immémorial. A cette idée, le peuple vertigo tout entier, les journaux du moins l'affirmaient, se sentait frémir d'impatience et d'ardeur. Cet enthousiasme, pourtant, n'était rien, comparé au délire mystico-national de la Meingoterie entière accourant à la défense de son fleuve-dieu.

Ici, brilla comme toujours la supériorité

expéditive des Vertigos en ces sortes d'affaires : notre armée se trouva prête la première. Elle se disposait à enjamber le Rhingo, mouvement qui dès longtemps lui était familier. Tout était prêt ; le pont était jeté.

De l'autre côté s'avançaient les Berlingots pleins de confiance dans leurs machines électriques, perfectionnées à miracle, assurait-on, durant ces trois années de paix. Mais, de notre côté, nous n'étions point, en fait d'armement progressif, restés les bras croisés ; et nous leur ménagions, à ce qu'il paraît, une forte surprise. Nous avions même fini par supprimer le fusil, arme gênante et lourde ; il était remplacé par un objet qui se portait simplement dans la poche, quelque chose comme une lunette, à l'aide de laquelle on foudroyait l'ennemi rien qu'en le regardant. Cette invention, que du reste la paix rendit, plus tard, tout-à-fait inutile, s'est totalement perdue ; ne la regrettons pas. Comme, pour manœuvrer une arme pareille, il suffisait d'avoir des yeux, on avait pu en armer toutes les paires d'yeux disponibles ; les borgnes même étaient bons, à plus forte raison les boiteux. On présentait ainsi un effectif formidable. On parlait bien, il est vrai, d'un nouveau secret que possédaient les Berlingots, le moyen de produire à volonté un nuage artificiel, pour se dérober à la vue de l'ennemi, sans cesser de l'apercevoir..... ce n'était là peut-être qu'un bruit sans vraisemblance. D'ailleurs, nous allions bien voir ; le pont était jeté.—

*
* *

Quelle belle occasion d'expérimenter le procédé de Patrigo ! Par malheur, celui-ci était mort ; et qui se serait avisé, en un pareil moment, de tirer de l'oubli cette idée vieille de trois ans ? —

Vous vous rappelez que le confiant polémiste semblait compter, pour cette expérience, sur l'initiative de quelque souverain de bonne volonté. Cet espoir pouvait à bon droit être tenu pour chimérique, les souverains gogopéens, en général, se sentant peu portés vers le suffrage universel. Sans doute ils avaient, pour le craindre et le traiter en ennemi, quelques bonnes raisons. Pourtant la prévention était peut-être excessive ; on a pu voir depuis que le monstre n'était pas si méchant, quand on savait l'apprivoiser.

L'idée de Patrigo eût donc été enterrée à jamais, si la Providence, qui ne pouvait permettre un tel malheur, n'avait à point suscité le seul homme capable de tenter l'expérience. C'était précisément notre illustre Aquilago, l'un des plus grands souverains qui nous aient gouvernés.

Lui seul, parmi ses collègues effarouchés, était payé pour avoir meilleure opinion du vote universel. Familiarisé depuis longtemps avec le monstre, lui seul avait deviné, sous l'apparence menaçante de cet épouvantail, la force et la sécurité qu'il promettait à qui saurait l'utiliser. En d'autres questions déjà il avait osé l'essayer ; et le résultat avait largement confirmé ses prévisions. Le suffrage universel était devenu la base solide et logique de son gouvernement, le lien puissant et sympathique qui l'unissait à la nation.— Attentif à conformer sa politique aux vœux de son peuple, dans les questions de guerre comme dans toutes les autres, il s'était fait une règle absolue de consulter l'opinion et de la bien connaître avant d'agir. Un appel direct à la nation, pour le cas de guerre, ne lui avait sans doute pas paru jusqu'alors nécessaire, ni peut-être pratique, mais ce mode radical et péremptoire d'enquête n'avait rien qui pût déplaire à un tel souverain, parce que faisant bon marché des mesquines questions de prérogatives, il n'avait en vue que le bien du pays. Il avait observé, avec son attention silencieuse et profonde, cette vive réaction contre les idées guerrières et ce courant d'aspirations pacifiques, conséquence de la dernière grande guerre. Intelligence hors ligne, ne craignant pas la guerre et sachant au besoin la faire avec vigueur, il avait eu l'occasion de la voir de près, et il était à même, plus que personne, de la juger en penseur, après l'avoir menée en capitaine. Aussi, réduisant la gloire guerrière à sa juste valeur, il n'admettait pas le carnage savant comme le dernier mot de l'équilibre des sociétés. A un pareil esprit, toute voie devait donc sembler bonne à tenter, pour concilier les nécessités de la politique avec les lois primordiales de l'humanité et de la raison.

Cependant ..... le pont était jeté.

*
* *

Tout à coup, un ordre supérieur ajourna le passage.

En même temps, un décret convoquait, sous huit jours, au scrutin général, tous les électeurs vertigos, pour donner leur avis sur la guerre qui s'engageait.

L'effet produit fut immense, profond, singulier, presque comique ; une douche morale sur l'enthousiasme populaire. Bien que ce même souverain eût déjà habitué la nation aux surprises, cette fois la stupéfaction fut si forte que les journaux eux-mêmes furent interloqués, ne sachant par quel bout prendre l'évènement.

Je vous fais grâce des commentaires et des interprétations qui durent pleuvoir à cette occasion. Les faits sont déjà trop loin de nous pour entrer dans ces détails. D'après l'histoire, l'appréciation générale de cet acte inouï se résuma dans un concert unanime de louanges et d'admiration. Au premier moment, ce semblant d'incertitude et de faiblesse, chez un gouvernement jusque-là ferme et résolu, inquiéta l'opinion déroutée. Mais bientôt les esprits, évoquant le souvenir des guerres précédentes, comprirent la haute pensée qui avait inspiré cet acte plein de grandeur et de simplicité, et l'immense portée qu'il devait avoir sur l'avenir politique des peuples. La réflexion fit place à l'enthousiasme ou plutôt l'enthousiasme changea d'objet, et la nation, fière d'un tel souverain, se recueillit pour lui répondre.

Dans quels termes précis fut posée la question ? Les historiens ne sont pas seulement bien d'accord sur ce point : voilà certes une preuve du degré de confiance que mérite l'histoire, quand on la voit hésiter et se contredire à propos de faits aussi considérables, et auxquels on ne peut reprocher d'avoir, en leur temps, manqué de notoriété.

Enfin, il est évident que l'affirmative étant pour la guerre et la négative contre, la réponse dut être simplement formulée par oui et non. Or, comme pour arrêter la guerre il ne suffit pas de dire non, de son côté, si l'ennemi, du sien, persiste à la vouloir, le vote négatif ne pouvait avoir d'autre effet que de substituer l'expectative au mouvement offensif. En un mot, puisque le pont était jeté, tout se réduisait à cette alternative : Passons-nous ? oui ou non ?

Huit jours plutôt, on n'aurait pu trouver, parmi les Vertigos, un seul individu, fût-il chétif ou impotent, qui ne voulût passer et mener rudement les gens de l'autre bord.

Huit jours plus tard, majorité immense ; personne ne voulut plus passer : ce fut un Non universel !... On démolit le pont !

*
* *

Notre armée, qui était restée un pied en l'air, se mit au repos, attendant la décision de l'ennemi et se disposant à le bien recevoir, s'il s'avisait de passer. Cette attente, peu dans les habitudes du soldat vertigo, en doublant son envie de frotter les Meingots, lui faisait presque désirer qu'ils eussent l'imprudence de mettre les pieds chez nous. Mais ceux-ci le savaient de reste et ne prirent point pour de la timidité l'attitude insolite de leurs adversaires. Un changement si subit d'ailleurs est fait pour dérouter les gens : quand on est habitué à se voir tomber dessus et préparé en conséquence, être mis tout à coup en demeure de prendre l'offensive, cela devient embarrassant. Aussi les Meingots de toute sorte se grattaient l'oreille, délibérant s'il fallait rompre avec leurs traditions et passer l'eau les premiers pour nous venir chercher.

Cette hésitation était déjà un succès. Ce

qui avança bien autrement les choses, ce fut une idée du fameux Bismargo, cet homme entreprenant.

— Tarteifle ! dit-il, ces Vertigos sont étonnants avec leur suffrage universel ! Pensent-ils garder le monopole de cette belle invention ? Sans tant de fracas, je me fais fort de faire exécuter ce tour-là au peuple berlingot, avec aisance et facilité ; et même je veux faire un peu mieux, moi : je veux leur faire dire oui !

— Il perd la tête, pensait Assbourgo ; car ce souverain des Austrogots avait pour le suffrage universel fort peu de sympathie.

— Nous allons voir ! dit Bismargo : et aussi prompt à exécuter qu'ingénieux à concevoir, il ne perdit point de temps.

Huit autres jours lui suffirent pour connaître le résultat ; Bismargo fut penaud : il s'était pris au piége ; les Berlingots aussi avaient dit : non, à l'unanimité !

Tous les petits Meingots s'empressèrent d'applaudir au vote de leurs grands cousins, il n'y avait pas à contester. Puisque tout le monde voulant rester chez soi, pas de guerre possible, au moins pour le moment.

Joli succès! ruminait Assbourgo; j'en ferais bien autant... L'imprudent faillit se faire prendre au mot et ne put s'en sortir sans un peu d'embarras.

En effet, voyant qu'on ne faisait rien sur le Rhingo, comme il avait son armée toute prête, il lui vint en idée, pour rattraper ses frais, de reprendre aux Alpingos certaine province venigote qui lui avait glissé des mains dans la dernière guerre. Or, cette affaire avait été, un siècle durant, le cauchemar du bon peuple austrogot; elle lui avait coûté les yeux de la tête, il était enchanté d'en être débarrassé. C'était une question dépendue que l'on allait remettre au croc : la chose déplut donc franchement aux braves Austrogots, qui se mirent à grogner, en mâchonnant tout bas le mot de vote universel. Le mot magique produisit son effet, et Assbourgo, se le tenant pour dit, renonça pour jamais à ravoir sa province.

*
* *

Ce fait inouï d'une guerre arrêtée par l'expression formelle, et des deux parts conforme, de la volonté nationale, est assurément, par ses conséquences merveilleuses, le fait le plus considérable qui se soit jamais produit dans notre existence politique et sociale. Ce fut le premier acte de ce grand travail de transformation qui occupa toute la fin du 187e siècle, et en fit la période la plus féconde de notre histoire.

Le succès de cette expérience remua profondément le monde gogopéen. Pour les peuples, ce fut un éclair illuminant leurs destinées futures; pour les gouvernements, ce fut une immense stupeur et une suprême leçon. Ces derniers comprirent tous qu'ils allaient avoir à compter tôt ou tard avec cette forme d'intervention populaire dans les querelles internationales, et ils en maudirent d'abord l'initiateur, imprudent à leurs yeux, l'illustre souverain des Vertigos.

Quant à celui-ci, toujours prêt à suivre la logique des idées et des faits, il jugea la question assez éclairée par ce premier essai, pour oser convertir en une règle permanente de gouvernement ce qui n'avait été chez lui qu'une inspiration du moment.

La première conséquence qu'il en fit sortir fut la réduction des trois quarts de l'armée vertigote, superbe économie qui allait enfin restaurer nos finances. Comme c'était la plus redoutable des armées gogopéennes, elle avait, de tout temps, excité la défiance et la crainte chez nos voisins qui s'épuisaient à vouloir entretenir des forces égales. Une pareille mesure inspira donc confiance à tous, dans la durée et la sincérité de cette réforme pacifique, et entraîna le désarmement général de tous les peuples gogos, qui s'enrichirent en proportion.

L'imitation ne s'arrêta pas là : l'exemple donné par notre grande nation devait porter tous ses fruits. Désormais, dans toute la Gogogène, la conquête du suffrage universel devint le seul but des aspirations populaires. Il commença à fonctionner sans retard dans plusieurs pays déjà pourvus de gouvernements constitutionnels, et ses diverses applications, aussi bien à la politique intérieure qu'aux affaires étrangères, se multiplièrent rapidement. En moins d'une vingtaine d'années, l'expérience tentée une première fois, pour le cas de guerre, put se répéter jusqu'à trois fois, et toujours avec le même succès.

Il est inutile de suivre pas à pas la marche de cette grande révolution des idées politiques, il suffira de constater le progrès réalisé, dès la fin du siècle, dans la situation générale de la Gogogène (18700).

Sous l'impulsion féconde du génie vertigo complètement transformé et dégagé de ses traditions belliqueuses, les gouvernements voisins s'étaient accoutumés à prendre pour règle de conduite, dans les circonstances graves, la volonté nationale directement exprimée. Par cet emploi large et sincère du suffrage, ou plutôt du bon sens universel, il s'était formé, au centre de la Gogogène, un groupe compact d'Etats calmes, prospères et unis : Vertigots, Meingots, Berlingots et Austrogots étaient arrivés peu à peu à éteindre pacifiquement entre eux toutes les difficultés irritantes et complexes qui avaient si longtemps compromis leur repos ; beaucoup de questions pendantes avaient été décrochées à l'amiable, en donnant satisfaction aux droits et aux prétentions légitimes de chacun ; d'autres questions, sagement abandonnées à elles-mêmes, s'étaient décrochées toutes seules. Des relations plus intimes et plus suivies avaient confondu les intérêts dans une étroite solidarité. Enfin, l'entente de ce groupe central des Etats gogopéens devenait un foyer d'action puissante sur tous les autres et formait la base et le nœud d'un nouveau système d'équilibre moins fragile que l'ancien. Les peuples étaient revenus de cette erreur, longtemps partagée avec leurs gouvernements, que les extensions de territoire fussent essentielles à leur bonheur et à leur prospérité, et l'expérience leur avait appris que la guerre avait toujours été l'aggravation et non la solution des différends internationaux.

Deux autres peuples péninsulaires s'étaient facilement ralliés au groupe central et l'étayaient au sud (18705).

Il ne restait plus en dehors de l'union que trois grandes puissances : le colosse rustigo, où le gouvernement absolu allait succomber à son tour dans une lutte désespérée contre les appétits constitutionnels de ses peuples ; le vieil empire ottomagot qui profitait des occupations intérieures de son puissant ennemi pour achever de s'écrouler en paix ; enfin, les fameux Trafigos, trop forts de leur position insulaire et de leur supériorité maritime, pour renoncer gratuitement aux avantages d'une telle situation, c'est-à-dire à l'abus de la force impunément pratiqué.

Mais, malgré cette abstention momentanée de quelques Etats, le groupe central, seul, était assez fort par lui-même, à la condition de rester uni, pour peser sur les dissidents et les rallier tôt ou tard.

*
* *

Pour atteindre ce but final de pacification universelle, deux choses restaient à faire.

Cette double tâche fut celle d'un autre Aquilago, fils de ce glorieux fondateur du suffrage universel. Celui-ci, poursuivant l'œuvre paternel, parvint à en poser le magnifique couronnement.

Il fallait d'abord assurer les résultats acquis, en cimentant d'une manière indestructible cette alliance du groupe central, afin de prévenir à jamais, entre les alliés, le retour des calamités de la guerre.

Ce premier point fut l'objet d'une convention solennelle, nouveau code du droit des gens et des rapports internationaux, qui proclamait le respect absolu de la vie humaine et la renonciation éternelle, de peuple à peuple, à l'emploi de la force armée.

Six grands Etats accédèrent à cette fameuse convention (18710). Il fallait enfin, pour le complément de l'œuvre, instituer un mode de coercition efficace, quoiqne pacifique, soit pour réprimer les infractions possibles au pacte gogopéen, soit pour rallier, sans violence, les dissidents.

Ce fut l'objet d'un second traité, conséquence nécessaire du premier. Le moyen de pression pacifique choisi pour remplacer la guerre brutale et stupide, et pour être appliqué, soit aux contrevenants, soit aux dissidents fut : l'*interdiction confédérée ;* en d'autres termes, l'isolement imposé au délinquant, la suspension complète de toute relation politique, financière, commerciale et même individuelle.

Cette idée n'était pas neuve ; et, chose singulière, le premier qui avait imaginé cette arme pacifique était justement le plus grand homme de guerre qu'ait produit notre nation, le fondateur immortel de la dynastie des Aquilago. Lui-même l'avait jadis essayée, sous un autre nom, contre les redoutables Trafigos ; et le manque seul d'entente avec ses voisins, ou plutôt l'hostilité de ceux-ci, avait fait échouer cette gigantesque conception. Mais les Trafigos avaient dès lors compris toute la portée de cette arme terrible, et ils n'envisageaient pas sans effroi la reprise de ce moyen répressif avec des chances presque certaines de succès.

L'arme était redoutable en effet; et son action devait être infaillible, si le groupe qui prononçait l'interdiction était assez uni pour la maintenir avec énergie et persévérance. Il suffisait de trois ou quatre nations principales, se refusant avec un accord résolu à toute communication avec l'interdit, pour créer à celui-ci une situation périlleuse, et causer un dommage grave à tous ses intérêts. C'est que déjà, à cette époque, bien que l'on ne connût pas encore la navigation aérienne, les rapports entre nations étaient devenus si faciles et si multipliés, les intérêts si mêlés, les besoins si solidaires, qu'un peuple, mis ainsi en quarantaine, ne pouvait résister longtemps à ce régime, sans y risquer sa ruine totale, et devait bientôt venir à composition. Jugez ce que serait, aujourd'hui que la voie des airs nous est ouverte, l'état d'un peuple condamné à l'isolement forcé. Nous sommes tellement les uns chez les autres que les frontières sont presque de pure convention. Tout se fond de plus en plus, langues, mœurs, intérêts ; enfin nous marchons à grands pas vers une fusion générale, qui fera de la Gogogène entière une seule grande nation.

*
* *

Voilà donc la guerre pacifique succédant aux carnages passés. L'efficacité du système nouveau fut presque aussitôt démontrée, à sa première application, justement dirigée contre nos Trafigos, afin de les rallier le plus tôt possible au pacte gogopéen.

Abrités jusqu'alors, par leur position insulaire, contre toutes représailles, ils avaient pu mettre impunément au service de leurs intérêts mercantiles une supériorité maritime qui leur ouvrait tous les ports et leur livrait toutes les côtes.

Du reste, cette nation formidable, n'ayant pour base étroite qu'une île de peu d'étendue, était forcée, par le fait même de cette situation. de porter au-dehors son entreprenante activité, pour soutenir et développer l'immense trafic qui faisait sa vie et sa puissance artificielle. Constituée ainsi, avec ce nouveau mode de guerre, procédant par exclusion, aucune nation n'était plus vulnérable.

Aussi, dès que les Trafigos se virent en présence de ce groupe d'Etats dont l'entente énergique leur fermait d'un seul coup trois mille lieues de côtes, ils comprirent le coup terrible qui menaçait, dans leurs intérêts marchands, leur existence même ; et malgré leurs ressources maritimes, ils désespérèrent de rompre par la force ce faisceau de résistances. Comme c'était d'ailleurs un peuple rempli de sens pratique, ils prirent le meilleur parti, et ils le prirent vite. Ils cédèrent donc de bonne grâce, renonçant pour toujours, sur leur élément, à l'emploi de la force contre toute nation gogopéenne, et réduisant leurs vaisseaux de guerre au chiffre strictement nécessaire à la police de leurs nombreuses colonies. L'accession de ces dangereux insulaires au pacte gogopéen en augmenta la solidité désormais inébranlable. (18720.)

Le colosse Rustigot fut plus long à s'exécuter ; mais, surveillé à l'intérieur par la coalition de ses voisins et travaillé intérieurement par la contagion libérale, il dut renoncer d'abord à l'espoir d'avaler l'empire ottomagot, et finit un peu plus tard par suivre l'exemple des Trafigos (18730.)

Quant à ce pauvre empire ottomagot, lorsqu'il n'eut plus à craindre le colosse du Nord, on eut le bon esprit de l'abandonner à lui-même ; et la fameuse question ottomagote, la plns compliquée et la plus effrayante de toutes celles qui avaient pendu si longtemps, se dénoua toute seule. Les peuples de ces contrées surent eux-mêmes se délivrer de la race étrangère et barbare qui les étouffait sous un gouvernement inepte et cruel ; puis, avec l'assistance cordiale des autres Etats, et avec l'aide du suffrage universel, ils se constituèrent en une paisible et florissante confédération.

Voilà, mon cher monsieur, comment la Gogogène entière s'est peu à peu affranchie du fléau de la guerre, voilà par quels moyens s'opère le miracle..... ce n'est pas plus difficile que cela !.....

— Ah ! tu trouves, Omnigo ! me disais-je tout bas..... Je voudrais bien vous y voir..... chez nous !

— La guerre, conclut-il, n'est plus, pour nous, qu'une monstruosité historique, à laquelle nous avons peine à croire, tant l'idée de nous égorger en masse, régulièrement, savamment et glorieusement, nous paraît aujourd'hui sauvage, grotesque, bête..... nous ne tuerions pas un poulet pour gagner une province.....

Je le laissais dire,... et je réfléchissais.

*
* *

— Et... lui dis-je après un long silence... comme cela... vous ne vous ennuyez pas ?

— Hein?... fit-il étonné.

— Je répétai ma question, non sans quelque pudeur.

— Je crois comprendre votre pensée, dit-il. Un peuple à imagination vive et à sang chaud, comme le nôtre, et comme le vôtre à ce qu'il paraît, peut-il s'accommoder longtemps de cette paix monotone, et, l'excès de population aidant, ne doit-il pas éprouver parfois quelques accès de pléthore sanguine, quelques crises d'appétits carnassiers? Voilà ce que vous voulez dire. Vous traiteriez volontiers la question comme certains de nos économistes philosophes, qui voyaient, dans ces saignées multipliées faites au corps social, un dérivatif nécessaire à la santé des peuples.

Nous ennuyer! cher Monsieur,..... mais, pour chasser l'ennui et fouetter le sang, au lieu de le répandre, il n'est rien comme le travail de corps et d'esprit. Or, nous avons fait de l'ouvrage, croyez-le, depuis que la politique, perdant de son intérêt violent, nous a permis de reporter sur d'autres objets toutes les forces vives des nations. Nous avons fait plus de chemin dans ces deux derniers siècles que dans les vingt précédents. Nos progrès sont immenses en tout genre : arts, lettres, sciences, industrie, agriculture, etc.

Dans les arts par exemple :

Nos devanciers, il faut le dire, avaient poussé fort loin les choses ; c'était presque la perfection. Nous ne pouvions guère espérer faire mieux, et franchement, en y mettant toute la quintessence de nos prétentions esthétiques, nous ne faisions pas aussi bien. Alors, nous avons pris le parti de remplacer l'art, dont nous n'attendions rien de plus, par le procédé scientifique et industriel, qui pouvait nous donner beaucoup. Aussi, négligeant la sculpture et la peinture qui vraiment, depuis des siècles, n'avançaient pas et ne se maintenaient pas même au niveau de l'antique, nous nous sommes jetés à corps perdu dans la photogogie, dont vous possédez à peine les premiers rudiments.....

— Diable ! fis-je, vous m'inquiétez pour l'avenir.....

— A force de perfectionnements, nous en avons obtenu la reproduction complète de la nature, telle qu'elle est, avec toutes ses variétés, de forme, de couleur, de.....

— Drôle de progrès ! ne pus-je m'empêcher de murmurer.

— Oui..... je sais..... vous allez me dire, avec une foule d'Omnigos : Ce progrès a tué l'art ! l'idéal dans l'art ! il n'a peut-être tué que les artistes: Le soleil, qui les remplace, n'est pas d'ailleurs un artiste ordinaire. Ce qu'il nous donne est exact et vrai autant que l'original ; c'est déjà quelque chose, et cela nous manquait trop souvent. Nous avons aussi l'avantage de pouvoir réunir dans un même cadre les objets les plus divers, traités jusque-là séparément par l'impuissance individuelle. Quant à l'idéal, on n'a jamais été bien d'accord là-dessus ; chacun l'entend à sa manière, on le place où l'on veut, on en met ce qu'on peut. Donc, s'il en faut absolument, chacun est libre de le mettre soi-même, en qualité et quantité proportionnée à ses besoins, et tout le monde sera content.

— Et la musique, lui dis-je, un peu consterné, qu'en avez-vous fait ?

— Elle a progressé dans le même sens pratique et encyclopédique. Nous lui avons élevé de vastes monuments, espèces d'usines musicales, où se produisent, à l'aide de la vapeur, tous les sons connus, tous les accords possibles.. Figurez-vous des orgues immenses comme des cathédrales, et l'auditoire logé dans l'instrument. Quant à la musique vocale dramatique, les voix nous manquant tout à fait, nous y avons suppléé artificiellement. Les premières venues sont bonnes aujourd'hui, grâce à l'emploi d'ingénieux appareils, espèces de porte-voix, qui embellissent et enflent surtout l'organe le plus ingrat. De telle sorte que les compositeurs, dans les morceaux de force, ne connaissent plus d'autres limites que la patience du public. Un chanteur, mal doué par la nature, pour peu qu'il sache se servir de ce précieux accessoire, peut produire d'admirables effets. C'est bien un peu gênant dans les grandes scènes, comme les duos d'amour, où le ténor et la prima donna, pour se jurer de près qu'ils s'adorent, sont obligés de croiser leurs trompes.....

— Sans..... blago? risquai-je ahuri.....

— Parbleu! mais il est convenu, depuis long temps, qu'on ne regarde plus; les oreilles sont seules intéressées dans la question.

Il voulut bien me laisser un peu respirer...

*
* *

Ce genre de progrès, je le vois, vous afflige, reprit-il; cette tendance accusée au procédé mécanique a de quoi, je l'avoue, soulever la critique. Sous le rapport de l'art on en peut contester la valeur; au point de vue intellectuel, on ne peut la nier; les esprits ont dû bien travailler pour inventer ces choses-là.

Au reste, la création, l'inspiration originale ne nous ont pas partout fait défaut.

Nous avons eu encore quelques individualités brillantes dans certains genres, en littérature par exemple. Mais là encore, nous ne nous sommes pas élevés plus haut que nos anciens. Depuis Balzago et Hugo qui vivaient il y a deux cents ans, leurs successeurs et rivaux prétendus n'ont rien produit qui dépasse, ou même égale, comme puissance de création, les œuvres de ces maîtres. En littérature pratique c'est autre chose, nous avons fait bien du chemin. Nous avons tout compilé, ordonné, condensé : lettres, poésie, histoire, sciences, philosophie, en d'énormes volumes fixes, gros comme des bahuts, qui meublent nos demeures, et nous mettent sous la main, à toute heure et par ordre alphabétique, tous les faits, toutes les formes, toutes les idées, enfin tous les matériaux des connaissances humaines. Cela s'appelle vulgarisation. Une demi douzaine de ces livres-meubles résument toutes les bibliothèques de l'ancien temps. Dans tout appartement d'Omnigo éclairé, on trouve : un buffet général des lettres, un bureau de l'histoire universelle, la grande armoire des sciences, et autres coffres du même genre. Il en est même qui servent au besoin de siéges et de lits, pour économiser la place. Avec ces ressources, tout le monde peut écrire, et écrirait, si l'on n'était blasé par la facilité et par l'abus de la production. Quelques amateurs ont chez eux jusqu'à des machines à faire les vers ; cela ne sert à rien et ne dit pas grand'chose, mais la rime, sans être riche, est à son aise....... Nos commerçants ont aussi des machines qui tiennent supérieurement les livres...

— Passe encore pour les chiffres... mais, pour les vers !.. me récriai-je.....

— Ah ! vous doutez ?.... j'en ai une, moi, de ces mécaniques..... voulez-vous un échantillon de son savoir-faire ?... tenez, justement.... un souvenir de nos guerres anciennes... écoutez :

LES LOUPS DE SADOWAGO

Frères ! j'ai bien soupé..... quels plantureux repas
Nous cuisinent les rois, au feu de leur mitraille !....
Mais, dans nos appétits, ne nous absorbons pas,
Et que l'intelligence éclaire la ripaille.

Car, deux choses, Messieurs, sont à considérer :
Le sage ne vit pas seulement de Croates ;
Et quand on est bien saoûl, rien ne fait digérer
Comme philosopher..... sans rester sur ses pattes.

Eh ! bien, que pensez vous de tant de venaison ?
Beau carnage ! que fait notre seigneur et maître,
Ce sublime Omnigo, tout gonflé de *raison*.....
Sa *raison* !..... dites-moi ce que cela peut être !

Certes, je conviens qu'il est bon... et tendre, et délicat !...
Le grade n'y fait rien ; et si la discipline
Prétend que l'officier vaut mieux que le soldat,
Le fait n'est pas toujours admis par la cuisine.

Même, d'un général une fois j'ai goûté,
Et ne crois avoir fait péché de gourmandise,
Car l'âge du sujet nuit à la qualité.
N'importe, ils sont très-bons, je comprends qu'on le dise...

Mais, quant à leur *raison*, je veux être pendu,
Moi, que tous ces héros appellent une brute,
S'il est un seul benêt, sur ce sol étendu,
Qui sache la *raison*..... de sa propre culbute.

Un roi qui, ce matin, les nommait ses enfants
A, grâce à leur valeur, acquis ce coin de terre,
Et pour premier engrais, les a fourrés dedans !
Oh ! les triples badauds, qui se sont laissé faire !

Enfants, c'est l'ennemi !..... leur criait ce bon roi ;
Et mes sots de tirer l'un sur l'autre..... Imbécile !
Eh ! regarde-les donc..... ils sont faits comme toi !
Nous duper à ce point serait plus difficile :

Tout bête que l'on soit, on connaît son devoir ;
De pousser un bon loup à tuer son semblable !.....
La faim même chez nous n'eut jamais ce pouvoir :
Et c'est une *raison*..... qui serait raisonnable.

Savent-ils, comme nous, du moins se contenter
Des armes que l'on tient de la seule nature ?
Cela suffit de reste à se déchiqueter ;
Le mal serait moins grand, et la gloire plus pure :

Non ; la saine *raison* leur fournit beaucoup mieux
Pour rendre des deux parts le dégât effroyable.
De là tous ces engins, peut-être ingénieux,
Mais qui, pour la valeur, ne prouvent pas le diable.

Je n'aime point à voir ainsi belligérer ;
Cela nous presse trop ; nous mangeons à la hâte ;
Quelque soin qu'on y mette, on ne peut ingérer
Qu'une part du festin..... et le reste se gâte !

J'en suis à regretter, messieurs, le bon vieux temps,
Où, moins expéditifs à ce jeu sanguinaire,
Ces fous nous assuraient des vivres pour trente ans,
En ne donnant, par jour, que le simple ordinaire.

Des repas bien réglés, voilà mon idéal :
Je profite, en passant, d'une énorme bombance,
Mais je n'espère pas souvent même régal ;
La chère y va trop vite, et surtout la finance.

On n'a pas commencé qu'il faut pacifier :
D'armistice déjà vous savez qu'on murmure ;
Ce sont nos intérêts qu'ils vont sacrifier !.....
Je sais bien que leur paix n'est pas chose qui dure ;

Leurs traités les meilleurs sont des nids à procès,
D'où sort vite la guerre aussitôt qu'elle y rentre ;
Mais nous, en attendant le retour de l'accès,
Nous sommes exposés à nous serrer le ventre !

Enfin, pour l'avenir, remettons-en le soin
A leur saine *raison*, à cette Providence
Qui jamais ne laissa les bons loups au besoin....!
Et jouissons en paix de ces jours d'abondance.

Tenez..... je crois sentir un retour d'appétit ;
tant le raisonnement nous creuse la bedaine.
Vous tâtez là, voisin, d'un morceau bien gentil ;
Passez-moi donc un peu de ce bon capitaine !

L'épaule, soit, merci..... pourtant, vous voudrez bien
Garder pour vos enfants l'épaulette qui brille :
Si pour nous, gens rassis, ce joujou ne vaut rien,
Cela peut amuser votre jeune famille.....

— Y pensez-vous, mon cher !... nous serions imprudents :
Ce qui brille séduit la jeunesse follette ;
Mes petits sont bien près d'avoir toutes leurs dents :
Ils se battraient bientôt pour avoir l'épaulette !

— Eh bien ! qu'en pensez vous ? dit-il...

— Mon dieu... pour une machine... ce n'est vraiment pas mal.

— Je vous le disais bien.

*
* *

Au reste, en fait de machines, continua-t-il, je n'en finirais pas de vous conter les tours de force de la science appliquée à l'industrie et les tours d'adresse de l'industrie appliquée à tout.....

Si vous veniez me voir, mon cher monsieur, et j'espère bien qu'un jour ou l'autre vous me ferez ce plaisir, je vous en montrerais plus en une heure que je ne pourrais vous dire en un jour.

J'ai chez moi, à la ville, non-seulement de l'eau et du gaz d'éclairage provenant, comme chez vous, d'un réservoir commun, mais encore de la vapeur ; de l'air chaud ou froid , selon la saison , parfumé à mon gré, si je veux ; du vin d'ordinaire ou d'extra, selon le prix d'abonnement ; du bouillon plus ou moins gras ; du lait très-naturel, de la limonade, de la bière et de l'huile, et jusqu'à de la fumée froide de tabac de diverses qualités ; le tout contrôlé et garanti par la chimie officielle. J'ai sur ma cheminée un cadran électrique, qui me fait communiquer avec tous les points de notre globe ; j'ai plusieurs ballons sous la remise et un tuyau de gaz aérostatique pour les atteler.

. . . .

Bref, je ne saurais vous dire tout ce qu'il avait, cet Omnigo ; mais pour sûr, ce monsieur devait être à son aise.

— A la campagne, continua-t-il, nous avons fait de l'agriculture une science nouvelle. En décomposant l'atmosphère, pour en extraire l'azote, nous obtenons tout l'engrais qu'il nous faut et quelquefois de la pluie; partant des récoltes qui vous sembleraient fabuleuses. Par la culture et le croisement, nous avons créé une foule de plantes, de fruits, de fleurs et de grains qui vous sont inconnus. Nous avons détruit tous les animaux nuisibles, et amélioré les races utiles au point d'en faire de nouvelles. Enfin, nous avons répandu sur toute notre planète un bien-être, une abondance, un ordre, une facilité de communications dont vous n'avez aucune idée; aussi, notre activité, ne trouvant plus assez de place sur notre petite boule, nous nous voyons forcés de chercher de nouveaux globes à défricher et à coloniser. Une pratique déjà longue de l'aérostation nous facilite ces recherches, sagement encouragées par nos divers gouvernements......

Tenez, ajouta-t-il, en baissant la voix,

pour reconnaître votre gracieuses hospitalité, je ne veux pas vous cacher plus longtemps que je suis chargé d'une mission de ce genre par notre société d'acclimatation. J'ai même exploré la lune en passant, il n'y a rien à faire là ; c'est une boule usée et refroidie. Mais j'ai été agréablement surpris de rencontrer dans le voisinage un globe comme celui-ci, où les choses, sans aller *tout de go*, comme chez nous, me paraissent en assez bonne voie de progrès....

*
* *

Cette dernière confidence acheva de me troubler le cerveau. Est-ce que par hasard, me disais-je, à défaut de la lune, ce... Vertigo aurait, sur notre propre boule, quelques vues d'annexion? Je devrais peut-être faire part à l'autorité de.....

Trahir ainsi l'hospitalité, fi donc! Je repoussai cette mauvaise pensée.

Cependant, je ne voulus pas laisser croire

à ce Vertigo-là que je fusse trop ébloui de son étalage de progrès.

— Tout cela est fort beau, lui dis-je, mais sans nier le grand effort d'intelligence que vous a coûté ce prétendu progrès, je pense en effet, comme vous avez eu du reste le bon goût d'en convenir, que le résultat général est par trop dans le sens matériel ou pratique, comme vous l'appelez. L'art seul a-t-il été victime, dans toutes ces améliorations? Et les sentiments n'ont-ils pas été sacrifiés? En vérité, je le crains, et ce serait le progrès à rebours. La suppression même de la guerre serait peut-être regrettable, si elle a laissé périr en vous ces nobles instincts, sources des grandes vertus, entre autres du dévouement et de l'amour de la patrie. Avez-vous su du moins, à défaut de la guerre, leur fournir des aliments plus sains? Parlez-moi donc un peu maintenant du progrès moral, le seul vrai ne vous déplaise, afin que je puisse mesurer mon admiration à vos justes mérites.

Ici, mon Omnigo baissa l'oreille, pourtant sa franchise me plut :

— Aïe !... fit-il, vous touchez l'endroit sensible. Hélas ! avouons-le, c'est toujours notre côté faible ; ce genre de progrès est le plus lent et le plus difficile. Ne plus s'entr'égorger, c'est quelque chose ; mais, il faut le dire, les intérêts y trouvent leur compte comme les sentiments ; et l'on aurait tort d'en conclure que nous sommes de petits saints. Que nous soyons moins bêtes, je le crois ; sommes-nous bien meilleurs ? Je n'ose l'affirmer. Il est un problème qui, chez nous comme ailleurs, est toujours en souffrance ; c'est faire aller de pair cette pauvre morale avec l'excessive richesse et l'extrême civilisation. On fait bien ce qu'on peut, on ne peut pas assez, je pense, et l'on n'avance guère, à moins que le bon Dieu ne veuille s'en mêler. Pour le dévouement, l'amour du prochain, le respect de nous-même et la crainte du Seigneur, sincèrement, j'ai peur que nous ne valions pas mieux que vous autres hommes.......

Que ce fût modestie ou simple politesse, je ne voulus pas être en reste avec lui :

—Vous vous calomniez, répondis-je, cher Omnigo; il y a toujours à votre avantage l'abolition de la guerre. Quels que soient encore, dans votre monde, les vices de la société et les imperfections de l'individu, ce seul fait vous assure une suprématie morale et sociale, devant laquelle je m'incline, et que vous envie notre pauvre genre humain. Puisse-t-il un jour, comme vous, se délivrer de l'horrible fléau!

— Amen! dit-il... Dieu et le suffrage universel vous soient en aide.

— Dieu, surtout! . . . .

. . . .

*
* *

Bientôt un domestique vint annoncer que le ballon de monsieur était prêt.

Je voulus faire auprès de mon hôte quelques instances pour le retenir. Il me remercia avec effusion; et je ne pus obtenir de lui que la promesse de me revenir voir.

— Vous êtes mille fois bon, me dit-il,

mais j'ai hâte de rentrer chez moi ; je suis absent depuis deux mois ; j'ai besoin de revoir ma chère famnigote, cette pauvre Rosago m'attend...

— Vous croyez.....

— Oh !.. avec une impatience...

— Oui.... légitime ; nous connaissons cela.

— Elle est jeune.....

Hum !.. dans l'intérêt de mon Omnigo, je n'osai plus insister.

*
* *

Il était déjà dans le cabriolet de son ballon ; je me tenais sur le marchepied, afin de lui serrer une dernière fois la main.....

— A mon prochain voyage, dit-il, j'aurai un ballon pour deux : et cette fois, je vous emmène, c'est convenu.... ?

— C'est entendu.

Et sentant que le ballon s'enlevait, je m'empressai de sauter à terre..... où je retombai d'assez haut, un peu lourdement...

*
* *

. . . .

Alors..... je me retrouvai étendu sur ma descente de lit, un peu meurtri, et me frottant les yeux.......

— Quel homme nigaud! soupira ma femme, à demi éveillée au bruit de ma chute . . . .

—Il a eu tort de quitter Rosago, n'est-ce pas? murmurai-je à moitié endormi, en reprenant ma place auprès de Rosa...

Elle s'était rendormie.....

Je fis comme elle.

*
* *

Je n'ai jamais revu mon Omnigo. Savez-vous pourquoi?

J'ai renoncé à lire mon journal, le soir, avant de me coucher. Rosa trouve que j'ai raison.

Je le lis le lendemain matin.

Je sais bien qu'il vaudrait mieux ne pas le lire du tout... que voulez-vous! on n'est pas parfait.